小说家的散文

周大新 著

看遍人生风景

河南文艺出版社
· 郑州 ·

作者简介

周大新，1952年生于河南邓州。1979年开始文学创作，已出版长篇小说《走出盆地》《第二十幕》《21大厦》《战争传说》《湖光山色》等七部，中短篇小说集《向上的台阶》《银饰》《旧世纪的疯癫》等多部，另有散文、剧本和报告文学作品六百余万字。曾获茅盾文学奖、冯牧文学奖、全国优秀短篇小说奖等。作品被译成英文、法文、德文、捷克文等。多部作品被改编为戏剧、电影和电视剧。

目录

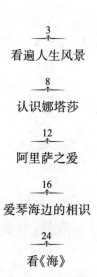

右部　阅人

看遍人生风景

——《看得见风景　望不见爱情》读后

　　人只活一生,通常也只活在一个家族里,活在一个谋生领域和一个地域与国度里,这在时间和空间上就限制了人的视野和视域,使得人只能看见自己和身边少数人的人生风景。所幸,人类创造出了书籍、戏剧和电影,这使我们看见更多的人生风景成为可能。孙小宁既喜欢读书又喜欢看戏剧和电影,而且还喜欢研究作家、编剧和导演的人生经历与创作目的,这就使她看见了许许多多书本里、戏剧内和影片中的人物及作家、导演本人的人生风景。看到的人生风景多了,这些人生风景就会转变成一笔精神财富。《看得见风景　望不见爱情》这本书,就是孙小宁储存自己精神财富的地方之一。

　　梦,是这本书的第一辑。在这一辑里,孙小宁用她的文字告诉我们,她从她读到和看到的书本与影片里,看见了男女之爱的千般风景,也体味到了男女之爱的百般滋味。在影片《外欲》中,她看到一个美丽少妇因与一个男青年隔窗相望而日久生情,这少妇却在与对面窗内男青年幽会又回望自家窗内风景时,决然离开了男青年,从而体味到了女人想抓住窗外令自己心动风景的那份渴望,体味到了那只是一代代女人平凡生活之外的梦中幻影。在影片《破碎之花》中,她看到了一个男人手持鲜花去寻访自己昔日女友的风景,体味到了男人与女人相恋结束后的那份欲诉还休、那份抚痕无语的心境。在影片《午夜巴塞罗那》中,她看到了两女一男在异国旅行的风景,看到了人在人类情感禁区的游戏,体味到了伍迪·艾伦制造出的那枚情感探针的奇妙。在《纯真博物馆》这本书里,她看到了一个富家公子对内心之爱执拗坚持的风景,体味到了爱的卑微与强大。在《恋爱中的男人》这本书里,她看到了老年歌德爱上十九岁少女乌尔莉克后的那份狂热风景,体味到了进入暮年的男人在与岁月较量失败后的那份苦痛。男女之爱,是人类的本能,是人类得以繁衍延续的保证,是人间欢乐和幸福的重要来源,却也是人类烦恼和苦痛的一个滋生处。世上的男女无数,世上男女之爱的种类也无数。每一个男人和女人都梦想获得一份美好的情爱,但上帝通常并不答应,于是就有了无数的不满足,就有了无数对情爱发出感叹的文学与电影作品。孙小宁以她那颗敏感和聪慧的心,从这些文学和电影作品里,感受到了爱之艰难与不易,发现了纯粹、理想的爱情近乎是梦,她把自己的发现用优美的文字写出来,是想提醒她的读者:人类不能没有这梦,没有这梦人类就太苦了,却也不能不意识到它常常只是美丽的梦,否则梦醒时就会陷入更大的苦痛之中。

死亡,是人生的最后结局,是任何人最终都要面对的事情,当然也是文学和电影作品关注的一个重大问题。孙小宁看过的这类的书和电影很多,比如表现崔雅与肯·威尔伯共同与乳癌做斗争的《恩宠与勇气》,表现法拉奇因流产失去孩子的《给一个未出生孩子的信》,表现德丽雅做的一次玄想中的死亡之旅的《死亡居家指南》,表现葬礼的台湾电影《父后七日》,表现父亲死亡之前境况的《那么,你最后一次见父亲是在什么时候?》,等等。她从这些书和影片中看到了很多人面临死亡时的残酷风景,像患乳癌的女性乳房被切除后性的吸引力会减损10%,像讣告是人生前所盼的最后慰藉,像清洗父亲的屎是儿女在父亲死前常需做的事情,像葬礼其实是死去的老人给儿女留下的一大拖累……她没有让自己仅止于看,她还在想,还在悟。在这本书的第二部分,她思考了很多关于死亡的问题。比如当疾患向人袭来时,上帝的恩宠其实就是唤醒家人共同支撑,从而使超越困境成为可能;比如不把一个孩子带到世界上,是否就一定该受谴责;比如讣告作者的全部努力,其实就是还原死者的生,让他们成为唯一,使死者相信,没有人可以替代他们活过;比如人死时与亲人告别的感觉,就好像自己要离开他们去获得更好的东西;比如葬礼其实是活人关系的一次重新洗牌……孙小宁是一个优秀的书评家和影评家,我们可以借助她的目力和思考力，去看和理解我们平时很少去看、去想的有关死亡的诸多问题。

　　孙小宁看的另外一类书籍、戏剧和影片是关于命运的，也就是表现人如何面对造物主交给自己的那份生活的。其中，有童道明创作的话剧《我是海鸥》，有韩国导演李沧东的电影《密阳》，有陈河的小说《布偶》，有王全安导演的电影《纺织姑娘》，有托尼·艾尔斯导演的电影《意》，等等。她从这些作品中看到了人在命运面前的各种反应和表现。像《我是海鸥》中的女主角，面对生活中的选择慢慢衡量，最终在演员的尊严与世俗的成功之中选择了前者；像《密阳》中的少妇，在丈夫车祸身亡、儿子又被绑架死亡之后，坚拒一切安慰，哪怕是以信仰的名义；像《布偶》中的裴达峰医生，已经拿到了去国外认亲的飞机票，却因为一场失败的手术入了狱，最后只能平心静气地做狱医；像《纺织姑娘》中那位被查出患了血液病的女工，卧轨自杀不成后反而展颜一笑；像《意》中那位华人母亲，青春在歌厅酒楼的舞台上度过，余生靠不同的男人养活……孙小宁对作家、编剧和导演表现这些人物的目的进行了解读，对这些人物接受自己那份生活的表现给予了理解与尊重，而且还从中发现了于我们普通人都有借鉴意义的哲理：今天的我们并不比别的年代的人活得更孤绝，选择更艰难；阳光不会为了格外眷顾谁而升起，人必须自己寻找继续活下去的理由；有许多生命之谜，还在未知的转角处等着我们；人在困境中，不要忘了我们心灵中还保有一份神秘的力量;生活中那些污秽与拿不到亮处的部分,其实也是人性中本有的内容……

　　人们读书、看戏、观影的目的,除了娱乐和获得审美快感之外,就是想在思想上有所获得;人们读书评、剧评、影评的目的,是想在找到对原作阐释的同时,能收获一份思想的启迪。孙小宁的书评、剧评和影评,恰恰能满足读者的这个要求。她能走进作家、编剧和导演的内心,能看透他们,能把握他们的创作初衷和目的,能从作品提供的人生风景中去悟出对所有人都有启示意义的道理,这一点特别可贵。

　　愿这样的评论家更多些。

认识娜塔莎

——读《战争与和平》

1978年的秋天,我在美丽的山东青岛,在靠海边的一个不大的名叫金口路招待所的房间里,认识了一位名叫娜塔莎的俄国姑娘,而且很快知道了她的人生经历。她十五岁的时候,向她哥哥宣称:我永远不嫁任何人,只要做一个舞蹈家。她当时说完这话,弯着两臂照舞蹈家的样子提起裙子,向后跑几步,转过身,向上一跳,把她的两只小脚陡然并起来,然后踮着脚走上几步。她十八岁时,当她意识到一位王爵爱上了她而她也爱上了对方时,她流出欢喜而兴奋的眼泪,搂抱着她的妈妈说:好妈妈,我多么快活呀! 在婚礼被延宕后,一个已婚的浪荡公子企图诱拐她,向她发起了魅力攻势,未历世事的她竟也动了心,差一点就步入险境。当遭她背叛的未婚夫在战争中受重伤,意外地和她的家人一起逃难时,她满怀羞愧地跪在他面前恳求:饶恕我吧! 然后,以满腔的爱和热情不分昼夜地看护着他,直到他死。

这位姑娘的天真、纯洁和善良让我难忘。

认识她让我兴奋不已。

可惜,她不是现实生活中的人,她只是俄国作家列夫·托尔斯泰创作的长篇小说《战争与和平》中的一个人物。

《战争与和平》是我读列夫·托尔斯泰的第二部小说。当时我在济南军区宣传部工作,我随机关一个工作组去青岛出差时带上了这部小说。就在青岛那个金口路小招待所里,我如饥似渴地将这部书读完。读完之后,我的心久久不能平静。这部书让我第一次见识了史诗性长河小说的面目,全书有厚厚的四册,共四卷十五部,还有"尾声"两部。它让我认识了近千个各种各样的人物,从拿破仑到俄国皇帝亚历山大一世,从俄军统帅库图佐夫到普通士兵,从伯爵、王爵到平民,从男人到女性;让我了解了俄国1805年至1820年的历史,了解了俄国人民在国家危亡面前的作为;让我看到了俄法战争的残酷场面,特别是法军撤退时大批士兵冻饿而死的惨状;让我感受到了和平生活的可贵。当时我才二十多岁,这部书对我的内心产生了极大的震撼。

尤其是托尔斯泰塑造的娜塔莎这个人物,在艺术上给了我三点启示:其一,一部书只要把主要的女性角色写好了,这部书就有了黏合剂,就能使书的各个部分紧紧地黏合起来,使书具有了引人阅读的魅力;其二,作家写人物,一定要注意写他的成长过程,每个人都是逐渐成熟的,他的性格、胸怀和气质都有一个形成过程,过程写好了,人物就栩栩如生了;其三,写人物,一定要写出一种命运感来,这样才能征服读者。这些启示对我以后的写作产生了很大的帮助。我的很多作品的主人公都是女性,像《香魂塘畔的香油坊》中的二嫂、《湖光山色》中的暖暖、《银饰》中的碧兰等,就是受其影响的结果。

《战争与和平》是托尔斯泰的代表作之一,是他在1863年至1869年写成的书。书一出版,就因其恢宏的构思和卓越的艺术描写震惊世界文坛。英国作家毛姆和诺贝尔文学奖得主罗曼·罗兰称赞它是"有史以来最伟大的两部小说之一""是我们时代最伟大的史诗,是近代的《伊利亚特》"。这部书迄今已多次被改编为电影,有1956年版的美国电影,有1968年版的苏联电影,有1972年版的英国电影,还有2007年版的俄罗斯、意大利、英国、法国、波兰和西班牙六国联合拍摄的电影。该书写的虽然是19世纪的生活,但因其着笔于人的生命和命运,着笔于爱和善,与今天的我们毫无隔阂,读它依然能让我们的心激动起来。

列夫·托尔斯泰是我非常尊敬的作家,他一生写过许多作品,代表作除了《战争与和平》之外,还有《安娜·卡列尼娜》和《复活》。有人说他是唯一能挑战荷马、但丁和莎士比亚的伟大作家。托尔斯泰1828年出生,1851—1854年在高加索军队中服役并开始写作,这为他后来写《战争与和平》的战争场面打下了基础。他在三十四岁时与年近十七岁的索菲亚结婚,他们先后育有十三个孩子。后来因家庭矛盾,他一气之下离家出走,躲在一个三等火车车厢里,最后病死在一个小火车站的站长室里。他去世于 1910 年,活了八十二岁。他主张爱一切人,包括曾经的敌人。他的思想对我有很大影响。如今,他虽然静静地躺在俄罗斯的一个森林的墓穴里,但依旧在对活着的人产生着影响。

托尔斯泰爱这个世界上的人,世界上的人也爱他。

愿没读过《战争与和平》的年轻朋友们,抽时间找来这部书读读。

阿里萨之爱

——读《霍乱时期的爱情》

　　我从小就爱看别人举行婚礼,爱看婚礼上的那份热闹,爱听人们讲有关爱情的故事。这些年来,看过的婚礼无数,听到的爱情故事也无数,但我还从未听说过一个男人用五十多年的时间去追一个女人的故事。不过,最近听说了,这个男人叫阿里萨。

　　给我讲述这个故事的人是哥伦比亚作家加西亚·马尔克斯,阿里萨是他创作的长篇小说《霍乱时期的爱情》中的男主角,他的全名叫弗洛伦蒂诺·阿里萨。

　　这部书我是一口气读完的。

　　阿里萨的爱情故事让我惊奇不已。他是在十七岁的时候看见十三岁的少女费尔明娜的。对少女偶然的一瞥成了这场爱情的源头,抓走了他的心,从此,他陷入了一场长达五十多年的爱情中。长大后的费尔明娜却嫁给了一个门当户对的医生,找到了自己的爱情之路。阿里萨虽然四处拈花惹草,可始终不娶,一直把妻子的位置留给费尔明娜。他坚信,他会死在费尔明娜的丈夫之后,届时,他再去争取,一定要让费尔明娜成为自己的女人。

生活果然按照他的期望发展,费尔明娜七十二岁时,她的丈夫去世,此后,七十六岁的阿里萨重新开始了自己的追求,并最终如愿以偿,两个七十多岁的老人在一艘客船上最后结合在了一起。为了不受打扰,已是内河航运公司总裁的阿里萨下令,在船上挂上有霍乱病人的黄旗,不接受任何旅客上船,就在河里上上下下地航行。

《霍乱时期的爱情》是马尔克斯写的可读性很强的小说,也是他获得诺贝尔文学奖后出版的第一部小说。他写这部书时已经五十八岁。他曾说过:有两部书写完后使人像整个被掏空了一般,一是《百年孤独》,一是《霍乱时期的爱情》。他还说过:《霍乱时期的爱情》是我最好的作品,是我发自内心的创作。《纽约时报》曾评价说:"这部光芒闪耀、令人心碎的小说是世界上最伟大的爱情故事之一。"这部书的首印量是《百年孤独》的一百五十倍,而且被美国拍成了电影。

这部书在我看来,有三个特点:其一,是写作手法发生了变化,作者不再使用魔幻手法,使用的是 19 世纪欧洲艳情小说的传统写法,书中一些地方具有欧洲一百多年前艳情小说的浓烈情调。其二,把主角之爱和配角之爱写得都很精彩,将一部小说写成了一部爱情教科书。作者在写阿里萨和费尔明娜的爱情主线的同时，还顺带写了很多其他种类的爱情，有隐蔽半生的爱情、有朝露之情、有羞涩之爱、有无肉体接触之爱等，使我们看到了爱情的种种形态。其三，作者把他对人生的认识和思考全部糅进了作品中，读这部书会让我们明白许多人生哲理。比如，书中说：我对死亡感到的唯一的痛苦，是没能为爱而死。又如，书中说：社会生活的症结在于学会控制胆怯，夫妻生活的症结在于控制反感。再如，书中说：一个人最初和父亲相像之日，也就是他开始衰老之时。读这样的句子，我们会有一种茅塞顿开的感觉。

今天，有很多年轻人已不再相信爱情。听说最近有人在一群年轻人中做了一次调查，问的问题是：你相信这个世界上有爱情吗？回答相信的有百分之十几，回答不知道的有百分之十几，剩下的都回答不相信。我不知道我听到的这件事是不是真的。不管你相不相信爱情的存在，我都希望你能读读马尔克斯的这本书，马尔克斯告诉我们，在他生活的南美洲那个地方，爱情是有的，是存在的，而且很绚丽，很温暖人。其实我们仔细想想，包括恋人之爱、亲情之爱、朋友之爱、同胞之爱等在内的人与人之间的爱，才是我们人生中最可宝贵的财富，是我们在临终之时唯一可以带走的东西。

加西亚·马尔克斯是哥伦比亚的骄傲，他当过电影编剧和新闻记者,之后才开始写小说。他是 20 世纪全球最重要的作家之一,是影响世界小说走向的文学巨匠。他于 1927 年出生在哥伦比亚的一个滨海小镇阿拉卡塔卡,父亲是邮局电报员,家境贫困。他小时候在外祖父家生活,外祖父当过上校军官,思想激进,外祖母见多识广,善讲神话和鬼怪故事,这些都对他日后的文学创作产生了重要影响。他在 1999 年夏天被确诊患了淋巴癌,接受了化疗,之后文学创作开始减少,2006 年 1 月宣布封笔。听说,他现在因家族遗传和癌症化疗的影响,已得了老年痴呆症,我希望自己听到的这个消息是假的,像他那样几乎为文学劳碌了一生的人,上帝不应该这样回报他。

愿智慧和健康都能回到马尔克斯的身上!

(在本文成文后,加西亚·马尔克斯于北京时间 2014 年 4 月 18 日凌晨在墨西哥城去世,享年 87 岁。——编者注)

爱琴海边的相识

——读希腊作家玛琳娜的《诺言》

认识玛琳娜·拉斯西奥塔基有点偶然。

2012 年 11 月初,我应邀去雅典参加希腊著名作家尼可斯·卡赞扎基斯的纪念研讨会。那是我第一次去爱琴海边,也是一次时间很短的旅行,不懂任何外语独自出行的我一路恐慌,只想着能平安抵达和返回就行了,根本不敢想还有其他的收获。停留雅典期间,在雅典大学攻读博士学位的作家、学者杨少波先生告诉我:雅典有一名女作家玛琳娜,和你的遭遇一样,也失去了自己的儿子,你愿不愿见见她? 我一听有这样的事,急忙点头说:当然,如果对方也愿见面,就请安排吧。最后定下的见面时间是我启程返京的那天上午,我去机场前先去她所在的一所语言学校,见完后再直接去机场。

前一天晚上雅典下大雨,雨势很猛,这使我入睡前有点担心次日的天气会影响与玛琳娜的见面。还好,第二天上午天晴了,少波驾车带我和著名翻译家李成贵先生前往玛琳娜所在的语言学校。在车上,我一边看着陌生的街景,一边在脑子里极力搜索能给她安慰的话——我知道失去儿子的全部痛楚,何况她还是一位母亲。

我们先被领进她的办公室,然后到一个小会议室坐下。玛琳娜热情地请我们品尝咖啡和点心。我和她虽然语言不通,但我能从她的表情和动作里感受到她的善良。她是一个身材娇小的女人,仔细观察能发现她脸上仍留着经历过重大灾难的痕迹。简单的寒暄过后,玛琳娜先开了口,她说,她听说我写了《安魂》这本书,知道我失去了儿子,她和我有相似的经历,她有个儿子叫瓦尼斯,也因为患病在多国求医无果后离开了她,走时才十八岁。她简要介绍了瓦尼斯的病和治疗的经过,并说,她也因此写了一本书,书名叫《诺言》……她述说时声音低沉而平静,我知道她在极力控制着自己的感情。李成贵老师的翻译让我准确理解了她的话意和心境。轮到我说了,我那一刻突然意识到,我原来准备对她说的安慰话此时说出来并不恰当,我只好也介绍我儿子的病和治疗经过,可没说几句,对往事的回忆和对方那种理解的注视让我的泪水一下子失去了控制……

分别时,我对她说,我希望能早日看到《诺言》的中文版。

感谢七十多岁的翻译家李成贵先生,在短短几个月的时间里就把《诺言》翻译了出来,感谢杨少波先生对这本书进行了认真的校对。我有幸最早得到了译文的电子文本,能够先读到这本玛琳娜饱蘸着泪水写成的书。

这部非虚构著作最先引起我注意的是它的结构形态。

这部书在章节的命名上,有时间的,如"十月""春天"等;有地点的,如"美国""雅典"等;有人物名字的,如"安吉罗斯""安东尼斯"等;也有用一句名言的,如"应给予你们,因你们祈求"等;还有用肉体感觉的,如"疼痛""屈辱"等。猛看上去,非常随意,颇不一致,但这种随意和不一致恰恰符合一个失去爱子的母亲的心理,与一个被痛苦折磨的女性的心境相符。想起哪一段时间就说哪一段时间,想到哪个地点就说哪个地点,想起谁就说谁,想起哪句话就说哪句话,想起哪一种感觉就说哪一种感觉。读者翻开这部书,可以从头看,也可以从你翻到的任何一节开始看,都可以看明白,都可以有所获得。这种看似随意和不一致的结构方式,倒是别具匠心。

这部书可归类为长篇散文,但其中也有不少诗篇,把诗和散文杂在一起,也很精彩。凡是不好用散文语言描述和表现的地方,就用诗句来完成,这也产生了一种别样的美感。

在这部非虚构著作中,最打动我的是作者描述儿子与疾病抗争的情景。

当一次没有效力的治疗开始时,儿子这样问母亲——

我什么时候能出院？

不知道，我的心肝。会告诉我们的。

那学校怎么办？我要上学。

你会去的，我的宝贝。我们还要耐心等等……

这几句对话让我们明白，瓦尼斯从来就没准备在癌魔面前认输，他心里想的是病愈之后去上学，去开始正常的生活。

在午夜来临的病房里，当另一个病友病危被抢救时，儿子默默敲击着笔记本电脑的键盘——

我们这一代没有经历过崩溃的年代，没有经历过战争……我们最大的崩溃就是生命……我们进行的战争只能在精神层面……

这个场景让我们看到，瓦尼斯清醒地意识到，他和疾病的斗争是一场精神层面的战争，他此时的身份是战士，他不会后退。

在另一次治疗中，儿子受到败血症的威胁，整整搏斗了两个昼夜，高烧四十二摄氏度。他开始说胡话。寒冷，发抖，全身通红，像被火烧似的，全部指甲发蓝。在短暂的清醒时刻,他对妈妈说——

妈妈,求求圣母玛利亚!

好的,你也求求她!……

这个场景让我们强烈地感受到,为了战胜癌魔瓦尼斯在无助时是多么急切地想寻找到精神武器。

有一次瓦尼斯在雅典"健康医院"进行放射治疗,正好赶上他所在的中学进行考试,他坚持要参加,妈妈只好在他治疗结束后,用汽车直接把他送进了考场。他极度疲劳,却尽量集中精力,回忆忘掉的课程,他对妈妈说:别着急,我们会通过的……

瓦尼斯的这个举动让我们真切地看到了他的顽强和勇敢,他在精神上一直企望战胜癌魔。

当剧烈的疼痛向瓦尼斯袭来时,无论他采取什么坐姿,都不能避免疼痛。晚上躺在床上,没有一个位置能减轻他的痛苦。很多次,他不能挺直头部。但是,他一句抱怨的话也没有,只是问——

妈妈,我们还能做什么?

祈祷,我的宝贝,祈祷。

做哪个祈祷?

你想做哪个就做哪个,或者你就简单地说,主啊,阿门;或者,主啊,怜悯我……

读着这样的描述,我的心都碎了,这是一个多么可爱的孩子,一个多么顽强的生命呀! 他一直在想着重返学校,重返人群,重返正常的生活,面对疯狂的癌魔,他一直在抵抗,尽管在败退,却至死不愿向对方低头。瓦尼斯的表现让我不由得想起了我的儿子周宁,想起了周宁当初抵抗癌魔的情景,两个年轻人的成长背景不同,生活经历相异,但他们在人生灾难降临时的表现却很相像。

玛琳娜用一个母亲的观察力和一个作家的表现力,让我们看到了一个生命的不屈和尊贵。

这部非虚构著作最吸引我、最让我难忘的,是它强烈的思辨性和哲学意味,是它对生命和死亡的思考。

一打开书就能知道,书中思辨性的文字很多,字里行间思辨的味儿极浓,书里到处都在提出疑问和追问,书中也充满了解析与论证,思辨性强是这本书最突出的一个特点。我们知道,希腊那块神奇的土地是最滋养思想家的地方,苏格拉底、柏拉图和亚里士多德这三位对后世产生重大影响的大思想家都出生在这块土地上。穷究事理,善于追问,是这里的文化传统之一。玛琳娜这部书的写作承继了这种传统,她在书中追问和辩说了很多与我们的人生紧密相关的问题。

人怎样承受死亡之痛? 这是玛琳娜问出的第一个问题。

她说,死亡之痛是最可怕的痛苦,会使活着的人感到彻底的绝望,从而使灵魂产生剧烈震荡。对这种痛苦,弗洛伊德建议用"哭丧"的方式去承受,心理治疗师建议用"现代安慰技术"去疗治,医生建议使用镇静药物去慢慢消除,但这都不能提供真正的帮助。她以她自己的经历告诉我们,唯有祈祷和爱,可以使这种痛苦稍稍变轻,变得勉强可以承受,可以使你不被击碎,不去想到以自杀来毁灭自己。

既然每个人都要死亡,那我们为何还要生存? 我们的存在究竟有何意义? 这是玛琳娜问出的又一个重要问题。

她说,加缪把生命看作荒谬的东西;萨特认为生命是失败,创造是失败,人的努力都是枉然,无论你努力做什么,都是枉然,都无意义。她在反复的论证之后认为,我们存在的目的是为了用爱、用尊重去创造有形的和无形的世界。这也就是我们活完短暂一生的意义。

人死亡以后会怎样,一切都结束了吗?

我们存在在这世界上是偶然的吗?

上帝造人的目的是为了把人当玩物吗?

我们活着能按自己的意愿任意行事吗？

怎样把自由和爱结合在一起？

怎样把自我和集体结合在一起？

玛琳娜在书中提出了一个又一个问题，然后又一一论证，得出自己的结论。这其实是一本思想录，是一名女性在遭遇了巨大的人生痛苦后深入思考的一本笔记。读这本书，等于是在读一本生动的人生哲学教材。

读完全书，我的感受是：玛琳娜固然是一个失去爱子的不幸母亲，但上帝其实也给了她回报，那就是让她更清醒地活着，让她代表世上千千万万个母亲，去追寻生育孩子和繁育生命的真正意义。

无论作为一名作家还是作为一位父亲，抑或是作为一个男人，我读这本书都有收获，为此，我要向玛琳娜表示深切的谢意和敬意！

祈愿瓦尼斯和周宁能在天国的享域相遇，并成为好朋友！

看《海》

　　《海》是爱尔兰作家约翰·班维尔获得 2005 年布克奖的小说。这部小说的篇幅不大,译成汉语才十万字,可我读完它却用了一个来月的时间。它基本上没有故事,可读性不强,我读得断断续续,数次都想把它完全放下不读了,但一种想看看获布克奖的小说究竟是什么成色的愿望让我最终坚持读完了。读完全书之后,方觉得这部书还真值得一读,当初没有半途放下的决定是对的。

　　这部书让我明白,不论是哪个国度、哪个民族的少男们,其心理花园的小径都有奇妙的相通之处。约翰·班维尔这部书的主人公马克斯·默顿在应付人生的混乱之时,决定回到儿时曾经度假的海边小镇。多年前那个夏天的度假生活重又回到了他的眼前。少时的马克斯·默顿的内心世界随即被作家呈现了出来:对成人世界的观察,对成年人性生活的好奇关注,对成年女性成熟身体的窥视和兴趣,发现成年男女做爱时的那种恶心欲吐感,发现成年人婚外情的吃惊和不解,接触少女时的惊怯,对少女那种朦胧含混的爱和热情……班维尔写得极其细微、真切和冷静,让人看了只有佩服和惊奇:作家对少年生活的回忆竟能如此清晰,对往事的复述竟能如此动人,对人的内心的坦露竟能如此大胆。他真的能够看透人们的内心?

班维尔的这部书还把人的少时生活对人生影响的深刻程度清晰地展露了出来,这对我也颇有震动。书中那个先叫露丝后叫翡妃苏的小姐,她和格雷斯的关系、她在那对双胞胎少年死亡时的表现,让书中的主人公对女性产生了极其微妙的看法,这种对女性的看法影响了马克斯·默顿以后长长的人生,甚至影响到他处理与妻子和女儿的关系。作家对这种影响的洞察力和表现能力令我惊叹。我过去对这种影响虽有感觉,但从没有达到如此深刻的程度,更别说将其形象地表现出来了。

依思绪的跳跃而展开叙述,在班维尔之前有很多作家都玩过,但我觉得班维尔在这部书中把这种叙述方式玩得最为纯熟、最为精到、最有魅力。一会儿是当下的生活场景,一会儿是回忆中的生动场面,一会儿是冥想,一会儿是梦境,作家完全打破了时空的限制,完全根据心绪的变化来展开叙述。不需要过渡,不预先交代,文字随手拿来,对话随时展开,但又是那么自然,那么顺畅,那么容易让人接受。他确实是一个完全掌控了叙述技艺的艺术家。

　　班维尔这部小说还让我感受到了表现日常的无戏剧情节的生活其实也充满了魅力;让我感受到了当作家心中一团乱麻时完全不必将其理清,只需将这团乱麻表现出来即可;让我体会到了作家在写作中应懂得停顿的审美效果,不急于把想讲的都讲出来。总之,这部书花点时间去读,确实值得。我愿喜欢小说的朋友们也能找来一读。

美味螃蟹
——读《我欲因之梦寥廓》

　　谷代双送来刚刚写完的《我欲因之梦寥廓》,初看书名,以为是一部散文,开卷细读,方知是报告文学。一旦开读,竟不能罢手,其报告的文学味如此浓,我还真没有想到。若不是一位长于打磨的老工匠,怕是出不了如此精致的作品。读这本书,我还真有了一份收获:对螃蟹有了新的认识,对养蟹人和卖蟹人生了感情。

　　记得多年之前读到一篇文章,说澳洲红蟹成灾,我那时就想,澳洲人要是像中国人一样知道吃螃蟹,焉能成灾?我后来到多个国家去游览,发现世界上不吃螃蟹的地方还真不少。看来,还是中国人胆大,敢于吃螃蟹;还是中国的高淳人胆大,敢于把养蟹卖蟹当作一件富民的大事来做。

　　螃蟹是什么样的动物,此书已经说得很详尽。我只是想说,用螃蟹做主角写文章,而且能写出如此长的文章,还得到高淳几任领导的支持,这恐怕是少有的事。

在中国的官场,后任不理前任事,这很常见。哪有前任做了不起效的事,后任接着干下去的？出了成绩,人家会说,是前任留下来的底子,让他捡了个漏儿。出了事,人家会说,都是他不行,如果前任在,一定不会这样！这种官场病,扎根于我们脚下的土地,一时难祛除。当然也有特例。那就是本书作者所写的高淳县的三位书记:臧正金、刘正安、吴卫国。他们三个人接力长跑似的抓螃蟹经济,指导和动员县农工委、宣传部,还有农业局、商务局、工商局、建设局、文化局、文联,群策群力,认认真真地研究和推进螃蟹经济,用十几年的时间,硬是干出了成绩。

高淳的百姓和领导耐力可嘉！

作者谷代双从螃蟹年年爬上寻常百姓家餐桌写起,一直写到螃蟹经济成为高淳县的"大景"、成为一县文化的标志,胆气十足！

三千多年前,今天的江苏境内曾出过一位大人物,他就是被称为"千古一相"的管仲。管仲那时就提倡在发展农业经济时,一定要学会动脑子、用"手段",以增加农副产品的价值。据传,他曾主张在农家卖给富人的鸡蛋上做文章。让养鸡人在要卖的鸡蛋上描出花草图案,煮熟后,富家孩子拿在手里会欢喜无比,他们有钱,自然愿意出高价来买这些描上花草的鸡蛋！类似这样的点子,管仲还想出了许多。也因此,他主政的齐国很快就成了强诸侯国。

谷代双发现,今天的高淳县领导也很有智慧。他们不仅仅提倡养蟹致富,还引导养蟹人在如何使螃蟹丰脂富味上下功夫,让螃蟹保持源于自然的本味,真正成为人们尝不嫌烦、食不厌倦的佳肴美餐,从而使高淳出的螃蟹能在市场上占据更大的销售份额。他觉得这些事值得书写。为了写作此书,他很早就开始做准备,仔细观察,四处采访,日积月累,掌握了大量第一手资料,而后才开始创作。因是厚积薄发,所以书写得十分生动,可读性很强。

谷代双也用这部书展示了他对家乡深切的爱意。

书中有个情节,说一位叫史团结的人为了提高高淳螃蟹的知名度,创作了一首歌:《固城湖的螃蟹之歌》。

让螃蟹成为歌的主题,过去没有过。

螃蟹作为一种美食,人们食罢之后高歌一曲,确也快哉!

高淳人好有福啊,有福年年尝螃蟹,而且靠养螃蟹富了起来,也真是值得高歌。

谢谢谷代双,你用你的文字让我们知道江苏有高淳这样一个出美味螃蟹的地方!

站在欧亚两洲的连接处

——读帕慕克的《我的名字叫红》

《我的名字叫红》是我读的第一部土耳其小说。在此之前,我对土耳其和土耳其文学的了解仅限于教科书上的一点介绍。读完了这部小说我才知道,身处欧亚两洲连接处的土耳其,不仅在绘画艺术上有过辉煌的过去,而且在文学创作上也已经达到了很高的水平。老实说,当我刚拿到这本书的时候,我对阅读的收益还不是很有把握,因为我已经读过太多盛名之下其实难副的作品。不过在我开读之后不久,欢喜之情就溢满了我的心中。

帕慕克多视角叙述故事的本领令我大开眼界。小说其实就是叙述故事,同一个故事用不同的视角去叙述,给读者的阅读感觉会有很大不同。我过去读过用死者的、婴儿的、成人的、上帝的等视角去叙述故事的作品,但我还从未读过用颜色,用金币,用死亡,用画上的狗、树和马作为叙述者的作品。帕慕克让我看到了。他在他的《我的名字叫红》这部小说里多次转换叙述角度,让各种各样的人和各种各样的物都充当叙述者,这着实让我惊奇和意外。给非人的物品赋予生命并让它们讲述故事发表见解,这种新鲜和陌生的感觉实在有趣。那枚二十二克的奥斯曼苏丹假金币,它自述的人间经历是那样真实可信又让人忍俊不禁。人们把它藏在乳房间、屁眼里和枕头下的举动,人们围绕它展开的争夺、欺骗和残杀让我们真切地看见了人心的贪婪和人世的荒诞。没有人像帕慕克这样在一部小说里如此频繁地变换叙述视角,也没有人像帕慕克这样在一部小说里推出如此多的叙述者。这是他在小说叙述技巧上的一种创造。

帕慕克对不同文化之间发生融合和冲突的关注,令我心生敬意。这部小说展现的是几个世纪前信奉伊斯兰教的细密画师的生活,细密画这门穆斯林艺术,曾经是表现人类智慧最美的艺术之一,但它却在新的西方绘画艺术的影响下渐渐式微。我们从帕慕克的笔下看到,这门艺术的消亡过程,在细密画师们的心中掀起了巨大的波澜,一部分细密画师主张放弃对西方绘画艺术影响的抵抗,另一部分恪尽职守的画师则因艺术观的坍塌而企望用暴力自卫,争斗到最后出现了鲜红鲜红的血。帕慕克用红色的血让我们看到了不同文化在融合和影响过程中的真实图景。帕慕克站在欧亚两洲的连接处,对不同文化间的影响和冲突感觉尤深。他不仅感觉到了,而且用小说给予了表现。今天,我们中国很多作家也在关注现实,但更多的是关注衣食住行、生老病死这种人生第一层面的东西,对我们整个民族在文化层面上面临的各种问题还很少去思考。帕慕克用他的作品给了我们一个提醒。在这个全球化的网络时代,各种文化的相互影响、融合和冲突每天都在发生,人们心中因此而产生的矛盾、不安和苦痛也时时存在,我们作家没有理由不去给予关注。

帕慕克笔下的爱情也令我感到新奇。我特别欣赏他在这部小说里所写的谢库瑞这个女人,这位有两个孩子的土耳其少妇,她外表美丽、内心炽热,对爱情的追求异常大胆。由于是第一人称的叙述,我们很容易就看到了爱情在她内心世界里占了多么重要的位置,看到了她为获得爱情使用了多少心计。由于地理的阻隔和宗教信仰的不同,我们对土耳其人的日常生活比较陌生,可透过这部小说,我们知道了尽管中国和土耳其两国人的情爱观念不同、婚姻的戒律不同,但对情爱纯度的追求十分相同,美好的爱情在人们生活中的重量也都相同。帕慕克的小说让我们再次相信:爱,是所有民族和整个人类得以繁衍发展的保证。

帕慕克有幸,他居住的地方刚好是欧亚两洲的连接处,他站在那个地方,既可以看到西方,也可以看到东方;既可以感受到西边的来风,也可以感受到东边的来风。所以,他手中的笔就格外灵动,他笔下的文字就饱含了东西方两种文明的汁液。

我们为他高兴。

难忘陀思妥耶夫斯基《罪与罚》

　　1979年秋,经过南部边境战争的部队官兵相继把目光由战地收回,重新置身于和平环境里。安静的阅读和静静的思考再次成为军营生活的内容之一,也就在这时,我由朋友处借到了韦丛芜先生译的俄国作家陀思妥耶夫斯基(下文简称陀氏)的《罪与罚》,开始了我与陀氏的第一次神交。

　　我是带着放松身心的愿望打开书的,但没读多久心就又被揪紧了。我未料到这本书也是在写"战争",只不过不是写炮声隆隆两军对垒的战争,而是写一场心理"战争",写一个名叫拉思科里涅珂夫的大学生,因被穷困的生活所迫萌生了杀死一个放高利贷的老太婆以抢劫钱财的念头,他先是在做还是不做这件事上犹豫徘徊,终于下决心做了之后,又在自首与不自首这事上痛苦斗争。我被那种紧张的心理争斗和挣扎的情景完全吸引住了。我差不多是在一周之内把全书读完的,这一周里,我的心和书中的主人公一样,沉浸在一种压抑、郁闷和迷离的狂乱中。书中笼罩的那种阴沉抑郁的氛围,也将我全笼罩其中了。

我清楚地记得,读完全书之后,我长久地坐在我的宿舍里一动不动。我感到我的心受到了强烈的震撼。那种震撼感首先来自于陀氏所发现的那种苦难。陀氏对底层社会苦难的熟知,以及表现这种苦难的细致和大胆,令我惊奇不已。特别是拉思科里涅珂夫一家和妓女索菲亚一家所经受的苦难是那样让人感到无助和痛心。原来苦难可以这样呈现,原来作家可以这样写社会,我在心里感叹:这才是人民的作家,这才是社会的良心!那种震撼感其次来自于陀氏描写人物心理活动的奇特能力。此前读过的作家,当然也有描写心理活动的高手,但像陀氏这样,差不多一部长篇都在写一个人的心理活动,写得又是那样活灵活现、入情入理,让人读时既感到透不过气来可又不忍放下,我还没有遇见过。作家的一个重要任务,就是探察人在各种情境和环境中的内心世界的奥秘,陀氏能把一个年轻男人在犯罪与受罚时的心理奥秘如此生动清晰地呈现在读者面前,这的确是一种天才。那种震撼感再次来自于陀氏对灵魂得救方式的思考。陀氏先是让他的人物自己去寻找灵魂得救的办法,让他的主人公发明一种理论:藐视事物最多的人往往会在社会中成为立法者,最大胆的人最对。当这种理论最终不能救其灵魂时,陀氏把基督教的教义通过一个妓女展现在了他的主人公面前,把赎罪自救之法告诉了他的人物。作家的最终任务,其实就是通过自己的作品去影响和提纯人们的灵魂,陀氏在这本书里把这个任务完成得很好。

在我的阅读史上,这是一次重要的阅读经历。这次阅读让我明白,一个作家必须具有三种能力。其一,要有敏锐的感知社会苦难的能力。当别人没有发现苦难或发现了苦难却给予漠视时,你却能发现并敢于大胆地给予展示。其二,要有撬开所写人物内心隐秘之门的能力。任何人的内心世界多数时候都是呈封闭状态的,你要想办法进去并将其中的东西展示出来。其三,要有抚慰人的灵魂的能力。世界上多数人的灵魂,因为各种各样的外部和内部原因,总是处在一种惊悸不安和难言的阴凄寂寞状态中,作家应该像牧师一样,想办法给这些灵魂以抚慰。

这次阅读虽然已经过去了很久,但记忆至今依旧清晰。可见,读一本好书是多么重要,它能长久地滋养你的心灵并给你留下美好的回忆。

《罪与罚》是陀氏于 1866 年底创作完成的作品,到现在已近一百五十年了,可它依然保有着浓郁的艺术魅力,仍旧吸引着全世界无数的读者去看。这部表现都市生活的作品,用它的巨大成功告诉我们这些后世作家,你要想写好作品,必须沉下去,沉到社会的最底层,沉到人物的内心里,只有在那儿,你才能发现闪光的东西,才能发现使你的文字变得不朽的物质。

我庆幸在 1979 年看到了《罪与罚》,它给了我太多的东西。我为此永远对陀氏心存感激。

最好的安慰

这几年,随着年龄不断增长,我一直在想人的心灵安慰问题。我们都知道,人在现实世界的生活终有一天是要结束的,什么时候结束,以怎样的方式结束,结束以后的诸事安排,一般年龄过了五十岁的人,都或多或少地要去想这些事情。人们在想这些事情的时候,免不了会产生心理焦虑,心灵会陷入一种不安定的状况之中。于是,我开始去读这方面的书,去想如何使处于人生后期的人获得心灵安慰的问题。牛津大学历史神学教授阿利斯特·E.麦格拉斯所著的《天堂简史:天堂概念与西方文化之探究》就是我近期所读的这批书中的一部。

麦格拉斯在这部书中对"天堂"这个概念是如何来的,是怎样变化的,又是怎样塑造西方文化的,进行了认真的研究和梳理。他带领我们将西方文化、文学史游历了一遍,向我们介绍了不同历史时期人们对于天堂概念的不同诠释和表达方式。他告诉我们,人类具有一种独特的能力就是想象,"天堂"这一概念就是来自于人类的想象。天堂也是人类对历史发端的一种迷蒙的记忆,是对遥远盼望的一个许诺,它满足了人类想超越今生的渴望。他告诉我们,"想象中的天堂"不是指天堂是一个虚幻的概念,是不顾现实世界的残酷而故意虚构的,它是运用上帝所赐予人类的特定能力对神圣的现实进行塑造,并且是以人类的心灵图景来进行表述的,人类在想象天堂的过程中,有三个形象是至关重要的,即王国、圣城和乐园。天堂是天上之城,是一个没有边境的王国,是一个最令人开心的花园,里面满是令人愉悦和欢欣的东西——树木、苹果、花、流动的水,以及各种鸟的鸣叫声……他告诉我们,天堂并不是随便就可以进入的,"升华的爱"是最终通往天堂的请柬。他还告诉我们,人类想象出来的天堂可以激发人的兴趣,抚慰那些在忧愁和痛苦重压下的心灵,天堂就是我们的故里,天堂里的众多亲人都在翘首期盼着我们的到来……

我在读这部书的过程中,方明白人类其实很早就开始关注心灵抚慰这个问题了。天堂这个概念的创造,西方的文学家、神学家、艺术家都有参与,它被创造的目的就是安慰和抚慰人的心灵。"天堂"这个概念和我们中国人所说的"西天极乐世界"这个概念有相同的地方,我们只要理解"西天极乐世界"这个概念,就差不多了解了"天堂"这个概念的内涵和外延。

人是自然界最精妙的造物,是肉体和心灵共存的统一体。人们对肉体必将消失所引发的心灵上的焦虑和恐惧,是人类必须解决的重大精神问题。西方人对天堂的想象,东方人对西天极乐世界的想象,都是想解决这个问题,这是对人的终极关怀。我们应该感谢前人在这方面所做的努力,有了这些想象,我们大多数人面对肉体消失可以做到平静对之。今天,不管我们个人离人生终点还有多远,只要一想到有天堂和极乐世界在等着我们,一想到天堂和极乐世界里有衣有食、有花有鸟、有山有水、有田有园,一想到天堂和极乐世界里充满了安宁和稳妥,不再有疾病和债务,不再有不公和欺侮,一想到在天堂和极乐世界里我们和自己所爱的人永远同在而不必分离,我们就会感到极大的安慰,就不会惊慌恐惧,就会在衰老和病重之后,从容地和现实世界告别,就会使自己的心灵永远处在安宁平静之中。

今天,对于天堂和极乐世界的想象其实并没有终结,我们依然可以充分张扬自己的想象力,去想象那里的美好和欢乐,给那里增添更多赏心悦目的东西,从而使自己从中获得更大的心理满足。

《没有被征服的女人》的魅力

　　《没有被征服的女人》是英国作家威廉·萨默塞特·毛姆晚年的作品。毛姆是我尊敬的作家之一，我读过译成汉语的他的大部分作品。《没有被征服的女人》是他小说技艺炉火纯青时的作品，其发散出的魅力令人目眩神迷。我第一次读它是在多年前的一个黄昏，我记得我是一口气把它读完的，读完之后因为心受震撼身子久久未动，直到黑暗全部降临。

　　毛姆在这部小说中引领我们走进了一场并无硝烟的战争。故事是小说的外壳，外壳的好坏决定着小说能否吸引住人的眼睛。这部小说讲述的故事扣人心弦：第二次世界大战中，占领法国的一个德军士兵汉斯，在外出途中强奸了一个法国农村姑娘安内特，无力自卫的姑娘除了满怀恨意外没有别的办法。那德军士兵在得知姑娘被强奸怀孕后，慢慢爱上了她并下决心和她结婚。他利用战时的困难，以送礼的办法说服那姑娘的父母同意这场婚事,却最终也没能得到那姑娘的允许。他原以为姑娘在生下孩子后会软化自己的决心,未料到那姑娘竟会决绝地把自己生下的婴儿溺死了。这个凄婉的故事不可能拨不动读者内心最柔软的部分。以德法之间的战争为背景可以虚构出很多故事,但你不能不承认毛姆虚构出的这个故事别具匠心。这篇小说给我们这些后来的小说创作者提供的一条启示是:认真地选择可以负载你的思考的故事。

准确地把握并写出人物心理的发展过程,是毛姆在这篇小说中显示出的又一本领。毛姆在这篇小说中,对所有人物的心理发展过程都描述得极其准确,尤其是对那个德军士兵汉斯。故事开始时汉斯是一个凶恶而野蛮的侵略者,他认为自己作为战胜者,在法国应该是想要什么就要什么,对于战败的法国国民,不必拿他们当人看;后来,由于驻地四周的法国人对他和他所在的部队充满了敌意,他心情烦躁而难受,才又想起去看那个被他强奸了的姑娘,他期望从姑娘那儿得到一点人类的友谊,此时,他已经愿意把战败者当作人、当作朋友看了;接下来,他在得知那姑娘怀了孕后,精神上受到了震动和感动,开始慢慢地爱上她,把她当情人看待,并愿意和她结婚;最后,他对那姑娘和姑娘生下的孩子的感情,已经和普通的丈夫与父亲没有什么两样了,当他得知那姑娘把生下的孩子溺死之后,他的伤心和悲痛不仅是真实的而且差不多能引起读者的同情了。有这样一个心理发展过程,就使得这个人物显得特别真实可信,他和我们通常所说的侵略者是那样的不同,也就是这种不同,使他有了在文学上长存下去的价值。

这部小说在叙述上有一种不动声色的平静。文中的故事情节中既有强奸又有溺婴,应该说充满了紧张和血腥,叙述这个故事,当然可以义愤填膺地用形容词讲得鲜血淋漓,令人惊惧异常。但毛姆没有这么做,他用平常的口气,用平常的文字,平平静静地叙述着。在写强奸过程时,不过是几句话:他用手捂住姑娘的嘴,让她喊不出声,把她拖出屋子。事情就是这样发生的,你也许得承认是她自己招惹的。在叙述溺婴过程时,也是借安内特的口很平常地说:我干了我不得不干的事。我把他送到河里,把他放在水里直到他死去。这种平静的叙述造成的阅读效果首先是带给读者一种意外——这么大的事情怎么就这样发生了?接下来是紧张,是那种心理紧张——它对当事者的伤害会达到什么程度?这种平静的叙述留给读者的想象空间也更大,不仅是关于场景的想象,还有对人物心理状态的想象。毛姆在这篇小说里用他的叙述本领告诉我们,反常叙述是可用的,越是紧张的事情越是用平静的口吻叙述,这与越是大事越用无所谓的口气来讲,获得的效果是一样的。

这篇小说的魅力,还在于毛姆虽然对小说中的人物和事件在情感上有倾向性,却没有在作品中直接地对他写的人和事做出判断。在小说的发展史上,有很长一段时间,小说的作者都要把自己对所写的人与事的判断交给读者。这样做当然有好处,但坏处似乎更多:为什么不给读者留下评判的机会?你的判断就一定正确?毛姆在这个问题上是清醒的,不去干出力不讨好的事,我只把我要讲的故事告诉你。在这篇小说的后半部分,安内特的父母已经同意把女儿嫁给汉斯,他们内心里完全把汉斯看作了女婿而不是敌军士兵,女儿的分娩使他们十分高兴。从人的角度看,这是正常的;从对待侵略者的态度上看,这似乎又是没有骨气的表现。究竟应该怎样评判他们,作者没说,留给读者自己去想。再说安内特,她把自己生下的孩子溺死,从厌恶侵略者的角度看,是可以理解的,可从对待生命的角度看,她怎么能够擅自决定让一个神圣的生命消失?她的行为该获得怎样的评价?作者也没有说。还有汉斯,一方面,你强奸了战败国的女人,你怎么还有脸去要这强奸的结果——孩子?另一方面,一个男人既然参与了一个生命的创造,尽管这参与的方式是野蛮的,可别人怎能随便剥夺他当父亲的权利?这些事情,毛姆都留给了他的读者自己去做出判断。一部作品的成色,往往和它提出的问题的判断难度成正比,判断难度越大,作品越有魅力。

毛姆多年前写的这篇小说的成功,为我们的战争小说的创作提供了不少值得借鉴的东西,相信大家只要走进他写的那个世界,去结识汉斯和安内特以及她的父母,就不会空手而归。

吟歌北川

——读左代富的《羌山天难:北川救灾词文录》

2008 年的汶川大地震发生至今,转眼几年过去了。这期间,无数的文人写下了大批的诗文,给我们留下了关于那场灾难的记忆,也给我们痛楚的心送来了抚慰。文学,在这场灾难中再次显示了它的力量。左代富的《羌山天难:北川救灾词文录》,是我最新读到的一本专为那场灾难所写的书。

我喜欢这本书,首先是因为它是用古老而优雅的词的形式来表现这场灾难。在这本书之前,我读过表现这场灾难的报告文学、自由体诗歌、剧本、小说和散文,但用传统的文学形式——词,来表现这场灾难的书还没有读过。也因此,读这本书让我获得了一种很新鲜的艺术享受。词这种诗歌形式,始于隋唐,定型于五代,盛于宋,它兼有文学和音乐两方面的特点,其曲调来源于唐时边地和外域的少数民族,以及民间的土风歌谣,在音韵上很好听,读起来特别容易上口、入心。在那首表现灾后家园重建的《喜迁

莺·温馨人家》里,作者写道:

> 芳谷秋态,穗间清风露,扑香沾带。庭里池莲,蛙语如歌,似庆主人幸在。新檐又迎归燕,旧翘依然堪爱。石砌院,赏别致小楼,伤愁渐解。
>
> 灯下人三代。儿孙绕膝,笑语欢颜待。厨里贤妻,精制酒菜,桌上举杯豪迈。拼醉共赏月,都已开怀大快。温馨态,听后人感慨,乐见家泰。

读这首词犹如在读羌族的一首民歌,韵美,词丽,让人忍不住和着韵律摇头晃脑,陷入沉醉。

我看重这本书,是因为书的作者不是灾难的采访者,而是亲历者,且还是一名官员。作者左代富就是重灾区四川绵阳市的常务副市长,死伤惨重的北川县就在他的管辖范围之内。地震发生时,正在办公楼里的他亲身感受了那种无助和恐惧;之后,又是他带人最先赶到北川县担任抗震救灾的指挥长。他所见的真实和所感的真切,不是一般采访者所能比的。也正因此,他的文字更应该令我们读者珍惜。多少个亲历者因不擅用文字表达,而让内心的真实感受成了秘密。如今,我们有了左代富的词,可以由他的文字窥见灾难亲历者,尤其是一个灾难亲历官员真实的内心世界,这很有典型意义。了解在大灾大难来临之后,身在灾难中的

官员真实的内心世界,不会没有益处。在那首抒写目睹北川震后惨景的《定风波慢·使命》里,作者写道:

> 满城血,腥涌衣衫,染红断骨愁面。绝望哭声,悲切震撼,犹碎人肝胆。遇难人,紧闭眼。无数苍生正逃险。惊见,顿生悲情满,衷肠寸断。
>
> 已是共悲惨。既为官、应听民召唤。把人生,紧系天灾大难,许与民生愿。勇担责,不躲闪。誓与羌山共患难。迎战,不计身险,长留前线。

读这首词,我们看见了一颗勇于担责,誓与民众共患难,长留前线抗灾救人的官员之心,禁不住心生感动。官员队伍中也许有败类,但在这场灾难中,更多的官员是与人民心贴心的。

我爱读这本书,是因为书里的词句中蕴含着浓烈的对少数民族——羌族的挚爱。北川县是羌族的聚居地之一,在"5·12"大地震中,北川县遭到了毁灭性的破坏,羌族的父老兄弟姐妹死伤惨重。对于总人数只有三十二万人的羌族来说,这次的人员损失是太大太大大了。作者的每首词里,都满含着对羌族人民的殷殷关爱。在卷一"五月危城"里,作者在《剔银灯·夜会》一词写道:

> 无月夜风暗扑,帐内孤灯燃烛。例会三更,众人齐聚,汇

总死救伤扶。愁心孤独,言悲处、男儿痛苦。

天欲负人尽负,不忍命归尘土。墙下残伤,如我亲故,甘替伤员做主。集思谋虑,细筹划、明天救助。

词句里,含着多少焦急和焦虑呀!
在卷二"人间奇迹"里,作者在《念奴娇·孤独》一词写道:

湖尾风寒,小湾清烟慢,纸火无力。一曲羌笛愁情满,泪洒凄凉白衣。跪卸尘墟,手轻心细,恐惊土中妻。断骨悲眼,忍看风雨同凄……

词句里,含着多少同情和心疼呀!
在卷三"大爱无疆"里,作者在《河传·老翁获救》一词写道:

见状,情重。人愁焦,心似烈火燃烧。难忍老翁苦煎熬,思着,救人出土壕。

墟中侧身人靠拢,轻轻动,劝把君外送。过尘堤,有人依,就医,治伤入关西。

词句里,全是关切和关心呀!
在卷四"羌山永昌"里,作者在《蜀葵花·羌绣》一词写道:

窗外山羊白,深嵌红枝叶。赏景几织女,长放线,织秋色。把红绸千针,绣上今年时刻。再现崭新羌山家园……

词句里,对羌族人民又过上新生活有着多少宽慰和欣喜呀!《羌山天难:北川救灾词文录》是一本值得细读的书。

关于《安魂》答问

（一）

儿子离去后，那种锥心的疼痛让我好长时间神思飘忽，什么事情都无心干也干不成，常常一个人坐在书桌前，眼望着窗外发呆，本来就性格内向的我，变得更加沉郁。朋友们劝我出去走走，但无论走到哪里，都感到儿子就站在眼前。我意识到，若不把窝在心里的痛楚倾倒出来，我可能再无法正常生活了。怎样倾倒？找人诉说？不好，这会干扰朋友们的生活。还是来写吧，用文字来诉说，不妨碍别人。于是就萌生了写一部书的愿望，为儿子，为自己，也为其他失去儿女的父母。

但写起来才意识到，倾倒痛楚的过程其实更痛楚。你不能不忆起那些痛楚的时刻，不能不回眸那些痛楚的场景。也是因此，这部书写得很慢,有时一天只能写几百字,有时因伤心引起头痛不得不停下去躺在床上,以至于有时我都怀疑我的身体能否允许我写完这部书。还好,写了几年,断断续续总算写完了。

我过去写的小说,都是写别人的生活,人物的内心还需要去揣摩,故事还需要去虚构,喜怒哀乐还可以去控制;现在写自己的生活,真实的浸透着泪水的东西就放在那里,我需要做的就是把它变成文字,但把真实的生活变成文字与用文字去表现别人的生活是两回事,这次写作给我的煎熬超过了以往任何一次写作。

(二)

儿子虽然走了,但在我的意识里,在我的梦中,他还在家里,还在我的身边,我们还能交流,他还能听懂我的话。同时,我也希望他能听到我的忏悔。还有,我相信人不只有肉体,还有灵魂,肉体不得不走,灵魂却能留下。人若只有肉体,世上就不会有那么多的痛苦了。因此,我写作时选择了这种对话方式,这是我唯一愿意采用的方式,就像儿子在世时我们父子聊天一样。我们的谈话漫无边际,一会儿说这,一会儿说那,我相信我说的话他都能听到。他肯定听到了!

（三）

这部作品中,在述说真实生活的同时,我还想象和虚构了一些东西,特别是小说后半部关于天国的部分。这是为了安慰儿子的灵魂,也为了安慰自己,是为了让我和儿子得到解脱。在我想象和虚构的过程中,我渐渐相信了自己想象和虚构的东西,我觉得它们是可能存在的。想一想,如果真有一个"天国享域"那该多好!为何不能给天下将死的人创造一个使他们的灵魂得到安慰的世界?让我们相信有这个世界的存在吧,这会让我们不再以死为苦,不再被死亡压倒。我不是在宣扬任何宗教,我只是想让人们在死亡面前减少压力和痛苦。死亡是世间最令人感到惧怕和痛苦的事情,所有减轻这种痛苦的努力都应该是被允许的。

（四）

完全从悲伤中走出来眼下还不可能。我还需借助时间的帮助。我现在只能这样安慰自己:儿子提前离开是上天的安排,我应该接受这种安排;死亡是每个人都必须经历的事情,他只是提前经历了;我只需走完自己的人生旅程,便可以去和儿子见面;生命的长度不是人自己可以决定的,我们不要抱怨……

伤心之境是一片遮天蔽日的原始森林,身在其中的人,需要在里面转很多圈才能摸到走出来的路径,让我慢慢摸索吧,我会找到路的。

(五)

在我所在的这个大单位,就有独生女儿因病去世的一家。但我和对方没有联系,因为见面不可能不聊起孩子,聊起来就会伤心难受,还是不见为好。就在今天下午,我刚刚知道我在鲁迅文学院学习时的一位同学,他的独生儿子在执行公务时遇车祸牺牲了,我不敢和他通电话,我怕我会哽咽得说不出话,我只给他发去了安慰的短信。在我儿子长眠的那片墓地里,就埋葬着不少去世的独生子女,有的是因为疾病,有的是因为车祸,有的是自杀。在清明节祭祀的时候,我会碰到那些失独的父母,大家彼此点头致意,不敢深谈,都怕引得对方伤心流泪。我和妻子在一些节假日去墓地看望儿子的时候,妻子总会把带去的祭品分一些给那些去世的孩子,摆到他们的墓前。

我从报纸上知道,全国现在有一百多万个失独家庭,而且每年还增加约七点六万家。这真是一个庞大的数字。独生子女政策是国家不得已时采取的一项控制人口的政策,是一代人不得不做出的牺牲。我有时想,如果当年毛泽东听从了马寅初关于控制

52

人口的建议,从 20 世纪 50 年代就号召一对夫妇生育两个孩子,那就好了,后来就没必要强制实行独生子女政策了,也就可避免今天的失独家庭问题。高层领导人的决策对普通人的生活影响太大了。身居高位的人对自己做出的每一项事关国计民生的决定,都要格外慎重呀!所有的决策都要考虑到负面的后果啊!

(六)

这是个政府应该考虑的问题。各地都应该建些养老院,专门接收这些失独的老人,让他们在其中互相安慰取暖度过余年。这些老人和有子女的老人若生活在同一个养老院,当然也可以,但当他们看到别人经常有子女来看望,精神上免不了会受刺激,可能会产生很大的失落感。

失独者也可以在精力尚好的时候,亲自去一些养老院看看做番考察,最后选定一家如意的,谈好入院的时间,或者预先把钱交上,做好准备。

现在我们国家的养老,基本上还是以家庭养老为主,正规的养老院很少,而且有的养老院管理也不好,使入院老人受到不好的对待。这个问题应该尽快纠正。人生的"两头"都需要他人照顾,幼儿园和养老院一样重要。我们要向其他国家学习,把养老当作惠民爱民的一件大事办好!人人都有老的一天,把养老的事情办好,会让人们无后顾之忧地生活,是最大的人道主义。

(七)

把命运给我们的这份痛苦咬牙咽下去吧,不咽下去就会被痛苦压倒。孩子们在天国看着我们,他们希望我们坚强地活下去。每个人都该走完自己的人生,走下去吧,看看上天在我们的人生路上还放了些什么东西。尽量想办法安排好自己的余年生活,努力去找一点可让自己心情放松的事情做。让我们努力去相信这样一个说法:分发痛苦的那个神很公平,他可能不再给我们批发别的痛苦了。

仿若"重生"

——读廖华歌散文集《消失或重生》

　　在故乡南阳的作家朋友中,廖华歌在诗歌、散文和小说三个领域都有很丰硕的收获,是一个成功的三栖作家。近日,读到她的散文新著《消失或重生》(作家出版社,2010年6月版),又觉耳目一新,获益很多。

　　过去,曾经读过华歌的不少散文,每一次阅读都能获得新的艺术享受,这次的感觉更为强烈。一个作家,尤其是已经形成自己独特风格的成熟作家,要想超越自我是很难的,但华歌一直在做这方面的努力。她这本散文集里收录的作品,首先在题材领域上与过去相比有了很大的不同。其中没有对人与事的浅层记录,没有对爱恨、烦恼的表层抒写,没有对正义、邪恶的简单感叹。在《中秋夜月》和《忘却是一种美丽》中,她开始尝试对自我进行犀利的剖析;在《时间的形式》和《消失与重生》中,她开始尝试对时间的形式和消失过程进行仔细的探查;在《西去的路途》和《生命的寓意》中,她开始尝试对人活着的终极目标和意义进行不懈的追问。她以长期积攒的丰富学识和阅历,更深刻地认识自己和人生,认识自然界和社会。这次,她大幅度地跨越过去,从有写到了无,从现象写到了本质,让笔触在事物的内部和外部之间自由来去,使作品空灵而有质感。她的确超越了自己,正如她这本书的题目,过去的华歌抑或是消失了,但她得到了重生。

在散文创作中,有人把生活写得很生动,让我们读后获得愉悦和感动;有人写自己在生活中的思考,写得苍凉沉郁,让我们读后陷入沉默和思索。华歌的这部集子显然属于后者。她写一条河在风吹日晒中消失了,又在雨露滋润下重生,如此反复,最后归为虚无,正如人生的起伏与归宿。字里行间到处暗藏着深邃的哲理,到处流动着作者对社会、人生乃至宇宙的感觉和体悟,让人读后不能不掩卷沉思。《梦园》里那些玫瑰花瓣云撑起无边无际的梦,仿佛在瞬间走完了一生;《时间的形式》中的时间成了一片风景,以树的方式无语挺立着,可感可触;《一个人的行走》是孤独的,而孤独也是一种生命的完成,它使生命更成熟、更深刻……她在花木灵石、星月浮云的内心世界里神思妙想尽情遨游,进入一种超凡脱俗的空灵境界,并轻松地给人以启迪。

在散文创作中,有没有真情的灌注,是区分文章品位的重要标尺。华歌以女性特有的敏感,捕捉生活的亮点,在清丽奇诡的文字中灌注了真挚细腻的感情。在《我不知道承担是什么》中,她写道:"哪怕这种方式对我是一种深彻的伤害,我也全然接受,因为在我心里,能使你高兴早已成了我所能做的最重要的事情。"在她接受了他的风衣时,"我忽然萌发出一种痴想,什么也不要,你我就这样一直走下去多好,直到生命的尽头"。把他送走时,"我愣愣地站在那里,心突然很空很空,空得有一种东西永远失却,再也不可能回来了"。她把思念、等待、包容一个人的心理进行了细致的描述,让读者真切地走进了她的情感世界。

"旧房子分明就是大地结出的一枚瓜果,小路便是它的藤蔓。""我自己也成了一团透明飘摇的影,和月光融在了一起。"读到这样的句子,感觉就是在欣赏一首好诗,而作品中这类句子比比皆是。华歌的语言是诗的语言,她的散文也便可以说是诗性的散文,甚至可以说就是散文诗。华歌喜欢读诗,脑海里储存了大量的楚辞汉斌、唐诗宋词,可以轻易地背出数十首唐宋诗人或词人的佳章名篇;她也喜欢写诗,早期创作时写过不少优美的诗。后来写散文,她无意中便穿插了历代的名诗佳句,甚至诗人的珍闻逸事;她也非常注意语言的锤炼,所以她的"散文"便成了"散文诗"。

超越自己是艰难的,"重生"更如凤凰涅槃,不知道华歌下一步会走向何方,写出如何超凡脱俗的文字,我们期待着。同时,我也坚信,华歌有着对生命、生活独特的爱,有着对事物、世情敏感的心,一定会写出更加精美的华章。

回眸黄河滩

——读冯俊科的散文

    2010 年开年读的第一批作品,是冯俊科先生的散文。大约因为我俩都是农家出身,加上又都有当兵的经历,又都是由中原到北京客居,所思所想有不少共同之处,故读他的作品,有一种分外的亲切和感动。他那质朴且饱含真情的文字,把我又带回了魂牵梦萦的河南故里,带回了日思夜想的乡亲们中间。

    俊科先生写得最撼人心魄的,是写他挚爱的亲人的作品。这部分篇章,因写的都是他最爱最熟悉的人,他的文字不事雕琢,只求用最贴切的语言把亲人的音容笑貌呈现出来,把他们美好的内心世界坦露给世人,把他们的人生经历和人生追求告诉给读者。爷爷、奶奶、姥爷、姥姥、父亲、母亲、哥哥、三姑,这些与俊科血脉相连的亲人,经他的笔,活灵活现地站到了读者面前:那是嘴噙烟袋、手拿火镰的爷爷,这是从容指挥先办喜事后办丧事的奶奶,那是挑着豆腐担子的姥爷,这是背着老中医来家给姥爷看病的姥姥,那是在骄阳下劳动在青纱帐里的父亲,这是在煤油灯下做针线活的母亲,那是兴冲冲去开封师院报到的哥哥,这是八岁被卖给他人的姑姑……这一组亲人的文学画像,既是一个中年男子对亲人的思念和回望,也是一个作家对家族亲人的一份文字回报。读着俊科那些饱蘸真情的语句,我不由得也想起了自己的亲人。我们这些在农村长大的人,我们这些获得读书机会的乡村娃,我们这些由农村走进北京的外省人,哪个人不是浸在亲人的深爱和厚望里?俊科的这些文字,会诱使我们去回想曾在我们成长过程中发挥过重要作用的亲人;会提醒我们不要在灯红酒绿华服美食里忘了亲人;会警示我们不要在掌声笑声车马喧闹中忘了自己的来路;会告诉我们,在看似平凡普通的亲人身上,其实闪耀着许多值得我们珍视和继承的东西。

俊科虽然生活在北京城里,但远在河南故里的乡亲依然是他关注和牵念的对象。于是,乡村社会里的各种人物,凡经俊科耳闻目睹给他留下过印象的,都排着队走到了他的笔下和文章里。有在清末当过知县的郑春魁,有当过清朝大炮队队长的法爷,有懂中药的五爷,有土匪李山,有队长谭老四,有"四类分子"王老六的儿子王增,有护秋员林八爷,有憨子郭俊,有追星族瘸根等。俊科写他的乡亲,下笔时有三个特点:首先是含满温情,善于捕捉他们身上每一点人性的闪光。比如《燃烧的玉米地》里的护秋员林八爷,他不过是一个极普通的乡下老人,可俊科发现他在保护偷玉米的小女孩这件事上，蕴含着人类宝贵的同情心和怜悯心，于是把玉米地里的那一场大火写得很辉煌，那火既意味着部分劳动成果的毁灭，也意味着美好人性的瑰丽闪光。其次是敢于直视暗处。俊科对乡亲们身上的愚昧、自私、猥琐甚至肮脏的一面，也没有避讳，敢于直笔写出来。比如那个八队队长谭老四，俊科不仅写了他对村民的粗暴和凶恶，而且在文章的最后，还把他最龌龊肮脏的行为一下子托出，在令谭老四无地自容的同时，也令读者无比意外和震惊，从而把人性的复杂和黑暗之处毫无保留地展示给了我们。再次是敢于暴露左右农民命运的外部因素。我们读俊科这一组写乡亲的文章，有时心里会很沉重，会不由得在心上发问：乡亲们怎会这样生活？让我们对乡村生活发问，可能也是俊科写这组文章的目的之一。毋庸讳言，在相当长的一段时间里，是我们的农村政策出了问题，所以才导致了农民的生活状态如此不堪。在《憨俊》一文里，那个名叫郭俊的乡村妇女，仅仅因为藏了一点黄豆，命运竟发生了如此可怕的变化，这不能不引起我们的深思和反省。

任何一个作家的童年、少年和青年时代的记忆，都是其重要的写作资源，俊科先生的这部散文集有相当一部分篇章就是写自己十八岁前在乡村经历的一些事情。比如第一次吃牛肉，比如听广播，比如洗澡，比如过年，比如吃枣……俊科在讲述这一件件、一桩桩乡村旧事时，变换着使用两种眼光：一种是亲历者的眼光。

这使他的文字妙趣横生,使事件异常生动地重现在我们眼前,给人一种听童话的感觉。像《黄河滩》里学游泳和借宿的事情,他讲得惟妙惟肖,让人如身临其境,获得了一种探秘般的阅读快感。另一种是审视者的眼光。用成熟的现代的科学的眼光去审视这些往年旧事,使人看清一些事件的荒唐、荒诞和可悲性,从而去思考有关乡村变革的种种途径。像《大跃进的夜晚》里,工作组长老靳为了营造夜晚大干社会主义的场面,让各小队糊了很多纸灯笼,一到晚上,就在村外的树木、坟头、土岗、河堤、水井旁挂满了纸灯笼,远远望去,田野里遍地灯火。作者在描述时的目光分明是嘲弄和痛恨的,分明是在告诉我们,这哪里是在种田,这是游戏土地和农民的生存!

俊科的正业是做官,但文学始终是他钟情和挚爱的另一个对象。他一直在繁忙的工作之余坚持写作,这些年,已有几本书先后出版,他坚持不懈的精神令我钦佩。

《人道》上

　　李天岑先生在做官的同时,对文学始终怀一份深切的爱意,常在处理政务之余潜入小说领域默默耕耘。这些年他收获颇丰,先有两部中短篇小说集问世,后有长篇小说《人精》出版,最近又有长篇新作《人道》要付印,他的执着与勤奋令我钦佩和感动。我们的生命原本滑行在两个不同的轨道上:他为官,我弄文。两条跑道上的车,却因对文学的共同热爱和对南阳那块土地的深厚感情而常停靠在一起。

　　他的新作《人道》应该算是一部官场小说,但这部小说却不着意官场的腐败和男性官员的你争我斗,而是写一个醉心于做官的名叫马里红的女人在官场上的搏杀经历,写得有些惊心动魄。官场诱惑男人,同样也诱惑女人,马里红一心想挤进官场,进了官场之后,又为了官位做了她能做的一切。做人的底线,做女人的底线,做人妻的底线,做朋友的底线,她都可以轻松越过。

在她那儿，做事已没有任何禁忌，可以不要友情，不要爱情，不要亲情，可以出卖尊严，自降人格，甘献身体，让官场外的我辈读了之后身上发冷，心里犯怵。可见人在官场若不保持清醒的头脑，其被异化后会变得多么可耻和可怕。天岑长期在官场历练，看官场中人应该是入木三分，对他们心理的了解当是十分透彻，所以他写起马里红来笔笔见血，直把人心最深处的龌龊和官场角落处的垃圾都暴露了出来。这对我们认识官场和官场对人的腐蚀能量提供了帮助。马里红是天岑写得很成功的一个人物，这个女人是他的创造，她将和赖四一起，成为天岑对南阳文学人物画廊的新贡献。

天岑有擅讲故事的本领，这一点我们在《人精》那部书里已领教过。在《人道》这部书里，他把马里红求官的故事讲得更加诱人，一个套一个，一波接一波，一浪叠一浪。一些故事的起点，他不动声色；一些故事的节点，他悄埋伏线；一些故事的转折，他另辟蹊径；一些故事的高潮，他引而不发；一些故事的结尾，他另留他味。故事是小说区别于其他文体的最重要的东西，是小说赖以存在的基础之一，小说最初就脱胎于故事，故事是思情的载体，在一定意义上说，故事的讲法决定小说的品位。天岑在此着力，是值得的。

"简洁朴素"原本就是天岑作品的语言特色，在《人道》中他继续使用自己的这一语言特色去展开叙述。我特别喜欢他的人物对话,那些充满南阳特色的土语对话令我想起了我亲爱的故乡,想起了我的父老乡亲。我一直认为,在小说的对话中保留一些土语,对描绘人物和彰显小说的地域特色大有好处,也会增加我们中华民族的词语库存。让自己的人物全说普通话,固然易为读者接受,但也会使作品少些韵味。

这些年,从明星出书到名人出书,再到领导官员出书,是一个为人诟病不已的话题,有人认为这是拾人牙慧式的附庸风雅。但天岑出书,却不属于此类。他是真的想把他对人生、对社会的认识,通过文学这个途径传达给更多的人。天岑写书是源于他自小对文学的那份爱与恋,用他自己的话说是"不求传世留名,只为圆那童年的梦"。天岑现在具有两种身份:官员和作家。这两种身份能和谐地统一在他身上,与他的农家出身,与他当年任基层干部的经历,与他的民众情怀,与他当县市领导干部时一直不间断文学阅读和文字操练都有关系。如果中国有更多的官员能像他一样对文学始终保持一份敬畏和挚爱,那不仅对中国的文学事业有好处,对官员队伍的建设也有好处。

天岑是个生活中的有心人,生活中经见过的人、事、物他总会时时处处留心留意,且一点一滴积淀在胸中,他经常把文学创作比作"就如一只小兔似的在我心里踢腾,搅得我吃不下饭、睡不着觉,只有打开心灵的门扇让它们跃然纸上方能安生"。在繁忙而又紧张的工作间隙,天岑将自己的情感宣泄与精神寄托交给了文字,近乎痴迷。我深信文字是有灵性的,文字将会把他驮进一个响着天籁之音、有着恒久魅力的艺术园林。

戏剧人生

　　与河南豫剧三团团长、著名豫剧表演艺术家汪荃珍相识，是缘于根据我的小说改编的现代豫剧《香魂女》。我记得那是多年前的一个晚上，我应河南省文化厅领导之邀到郑州去看豫剧《香魂女》的彩排。彩排地点好像是在河南省豫剧三团的排练厅。那晚我看得很兴奋也很满意，导演和演员对原作的理解和表现超过了我的预想，尤其是女一号——扮演二嫂的演员，在扮相、唱腔和对角色心理的把握上都非常出色。彩排结束后，我高兴地走到那位演员面前向她表示祝贺，文化厅的同志在一旁向我介绍说，她叫汪荃珍……

　　那是我第一次见到她。

　　后来，豫剧《香魂女》在中国第六届艺术节上演出获得巨大成功，一举获得艺术节大奖，一下子填补了河南省戏曲无全国性大奖的空白，作为主角的她功不可没，河南省人民政府对她通令嘉奖并记大功一次,社会上一时对她好评如潮,我当然为她高兴。再后来,她多次进京演出《香魂女》,我每次都是热情的看客,和她就逐渐熟悉了起来。

汪荃珍能在豫剧《香魂女》中有精彩的表演,成为众人交口称赞的表演艺术家,并不是偶然的,这缘于她在豫剧表演艺术道路上的不懈跋涉和追求。当年,十三岁的她怀抱着对戏曲艺术的热爱考入河南省戏曲学校戏曲表演专业,之后她刻苦学习戏曲表演艺术的基本功。她晚睡早起,听看记仿,学得如痴如醉;唱作念打,一招一式,习得认认真真。五年间,她把全部精力都投入到了学习中,不敢稍有松懈。功夫不负有心人,毕业时,十八岁的她不仅迎来了自己生命中最美丽的年华,而且在戏剧表演事业上也为自己打下了坚实的基础。之后,她成为河南省实验豫剧团的演员;再后来,她成为河南省豫剧一团的演员,正式开始了自己的艺术生涯。在豫剧一团这个名震中原的集体里,她悉心向前辈和同行学习,在艺术上锐意进取、精益求精,先后在舞台和荧屏上成功塑造了一系列性格迥异、形象丰满的戏剧人物,为自己赢得了无数的观众,也为河南省的文艺事业做出了卓越的贡献。1986年,香港举办"首届中国地方戏曲展",她领衔主演了《香囊记》,所饰演的周凤莲取得很大成功,被誉为"亚洲最佳女旦角"。她在一团先后主演过《穆桂英下乡》《破陈州》《拷红》《八件衣》和《凤冠梦》等剧目,受到广大观众和前辈艺术家的一致好评,成为豫剧艺术大师常香玉的得意门生。1989年她调入以演现代戏闻名全国的河南省豫剧三团,又先后主演了《成龙梦》《儿大不由爹》《村官李天成》《女婿》和《刘青霞》等现代剧目,塑造了一批当代生活中的典型人物形象,受到了广大老百姓的真心喜爱和热烈称赞。

获得成功的汪荃珍并没有躺在业绩簿上,她之后又开始了新一轮的学习,决心把自己的艺术追求建立在宽厚的知识基础之上。她报考了戏剧表演专业的研究生,利用一切业余时间学习专业知识,并于2005年顺利毕业。毕业不久,她在三团出演大型现代豫剧《风雨故园》中的女主角朱安,成功塑造了鲁迅夫人的形象,并因此获得第16届上海"白玉兰"戏剧表演主角奖。此后,她的影响溢出中国大陆,先后到澳大利亚、新加坡和中国台湾进行文化交流演出,把豫剧的影响扩展到了更多的地域。经过多年来的学习和艺术实践,她的舞台演出经验日益丰富,无论是演青衣、闺门旦、花旦,还是演刀马旦和帅旦,她都能游刃有余;无论是演古装戏还是演现代戏,她都能演出彩来。她在表演上追求自然、质朴、大方、飘逸的艺术风格,善于准确把握人物心理和性格,并根据人物特征设计形体动作,表演分寸适度得当;她在唱腔上博采众家之长,结合自己的嗓音特点,科学地运用现代发声方法,吐字不死不飘,行腔声情并茂,逐步形成了自己特有的华丽明快、韵味浓郁、刚柔相济、细腻委婉的演唱风格。如今可以毫不夸张地说,她已成为名副其实的豫剧表演艺术大家,成为新时期豫剧现代戏的领军人物,成为振兴和发展河南戏曲事业的将帅之一。

作为她的一名观众和朋友,我为她在事业上取得的成就感到由衷的高兴。

收入《汪荃珍——荃草溢香》这本书的文章,既有记者对汪荃珍一系列演出的采访报道,也有戏曲专家对她表演艺术才华和演出剧目的评说评论,还有她的老师和学生对她的真诚介绍。读这本书,会使我们看清汪荃珍在艺术之路上辛苦走来的一个个脚印,会使我们了解她宽厚待人的优秀品质,会使我们知道她在表演艺术上已经达到了怎样的高度。我真切地希望有更多的戏迷、专家和领导能读到这本书,从而增加对这位表演艺术家的了解,给她更多的支持和鼓励。

在厚重的中原文化里,戏曲文化占有重要的地位,中原文化的复兴和发展离不开戏曲文化的繁荣。愿汪荃珍能在今后的岁月里用她艺术大家的影响和努力,更快地推动河南戏曲艺术取得更骄人的实绩。

走进麦田

——读《留那一片麦田与你守望》

朋友送来长篇小说《留那一片麦田与你守望》的书稿,说:这是一个刚大学毕业的年轻人写的,你看看写得怎么样。我以为我又要开始一次乏味的阅读,不甚情愿地翻开书稿,没想到读了两页,就被吸引住了,我是带着惊喜和意外读完全书的。

让我觉得惊喜和意外的,是作者赵昕小小年纪就能对父爱、母爱和情爱有如此深刻的认识和精彩的表现。

小说中的父爱写得最出彩。书中一共写了三个男人对儿女的爱,其中对两个男人的父爱写得最好。李记郎在儿子李凯越长到九岁之后才知道他不是自己的亲生子,于是这个男人原先出于血缘对孩子的那份爱陡然消失,他陷入极度的痛苦中并开始对孩子表现出了冷漠。但当孩子的生父来索要孩子的时候,由养育而生的那份父爱又使他不愿松手,他决然筹钱送孩子去了美国读书,期望他日后回国能替自己重新振兴家业。在孩子回国找不到工作很痛苦时,他又咬牙违心地去找孩子的生父帮忙。作者不仅把由血缘而生的本能之爱表现了出来,也把由养育而生的舐犊之爱表现了出来,还把为下一代幸福甘愿牺牲自己的理智之爱也表现了出来,年轻的赵昕若没有对父爱进行过仔细观察、体验和思考,是完不成这个写作任务的。书中的另一位父亲程又安有一对双胞胎女儿,因小女儿洛洛先天没有子宫,便把希望都寄托在了长女叶叶身上,对她严加管教并督促其学习,期望她日后能学业有成将家庭撑起来,未料竟促成她产生强烈的叛逆心,使她最后走上弃学卖身之路。他在历经难言的羞辱之痛后,又重新接纳女儿回家。这位父亲把孩子的所有错误都看成是自己犯的,其爱女之深令我这个读者不能不心生感动。

小说中对母爱的表现也令我感觉新鲜。作者写了三重反常:田慧茹在被所爱的老师林刚抛弃之后,带着身孕嫁给了同学李记郎,为了不使儿子日后在李家站不住脚,她竟下决心不再怀孕不再为李记郎生出亲生儿子。这是一种反常的做法。通常,女人在这种情况下是要为丈夫再生孩子以求得心理平衡的。当李记郎知道真相之后发泄怒火时,她逆来顺受。在百般折磨面前,连儿子都劝她与养父离婚,但她为了保证儿子能顺利继承李家家产,以后能衣食无忧,坚持不离婚。这又是一种反常的做法。通常,女人在这种情况下是会要求离婚追求新生活的。最后,田慧茹在忍无可忍时,按照女人通常的做法,是可以要求法律保护或干脆自杀的,可她不,她宁愿选择钻进别人的车下造成车祸的假象。这还是一种反常的做法。这三种"反常"成就了一个母亲独特的形象,这样的母亲形象我还是第一次在小说中看到,让我的心受到强烈震撼,原来母亲对儿子的爱可以达到如此程度。千百年来,写母爱的文学作品如汗牛充栋,年轻的赵昕又为我们贡献了一个母亲表达母爱的典型。

小说中的情爱也写得很有特色。李凯越从小就爱上了文静的洛洛,但深切真挚的爱情竟束缚着他们向肉体之爱迈步。他们都没想到,纯洁的爱情在这世上很难立足。这其中的因由部分来自外界,部分来自他们本人。当叶叶拿肉体的欢娱来引诱李凯越时,李凯越没能控制住自己,他一方面在心里自责,一方面又止不住地索要着肉体的欢娱。作者虽然最终让李凯越从这种处境中挣脱了出来,但这种人性的弱点,这种肉体背叛心灵的现象已留在了读者心里,它会促使读者在今天这个欲望泛滥的时代,去思考如何给欲望一定程度的约束,从而实现人心灵的宁静。

人的一生,大多数时间都在追逐着爱。幼时是在追逐母爱父爱,享有母爱和父爱的孩子最幸福;成人后开始追逐情爱,享有正常情爱的人最幸福;人老后追逐的是儿女对自己的爱,享有儿女关爱的人最幸福。所以从某种程度上说,人活着就是为了爱。也因此,爱成了文学永恒的主题,赵昕在走进文苑不久就抓住了爱这个文学的根本并对其加以表现,让我看到了她的清醒和才能。

我有理由相信,她在创造之路上会走出更远的距离,能抵达更美丽的地方,会给我们带来持续的惊喜。

游子的心愿

——读《沉重的河南：中原崛起之路》

　　如今生活在河南本土之外，包括全国各地和世界各国的河南人，差不多有几百万。这几百万河南人中，有不少是学有专长有了学术研究成果的，他们的学养使其在看见了外部世界开阔了眼界之后，不由得要回望故乡，把故土和自己生活的异乡做番对比，对比之后，心里便都会生出许多感慨，都会在心里祝愿故乡能有更快的发展，更早地进入发达地区的行列。青年学者张瞳原是这部分人中的一个典型代表，他不仅在心里发出了感慨，还把这种感慨和他对中原崛起之路的思考写了出来。同是游子的我读了他这部书，心中很是感动。

　　他对河南当下的发展状况及河南人境遇的描述，充满了感情。我们河南在改革开放的三十年间有了巨大的进步，在2009年已创造了19367亿元的产值，经济总量已在全国排名第五，我们不仅养活了一亿人，还为国家的粮食安全做出了巨大的贡献，但和沿海发达省份相比,按人均产值和收入计算,我们还属于国内的第三世界,我们要走的路还很长很长,我们必须抓紧时间奋斗。这是一种提醒,这种提醒里分明带着一丝焦虑。我希望河南人看了这个提醒都能在精神上有一种紧迫感,都能意识到,如果我们不抓紧时间不抓住未来的机会尽快发展自己,我们就会继续被边缘化,被人看不起那是必然的,只站在那里抱怨别人歧视是没有意义的。

他对河南现实劣势和优势的分析十分理性。我们河南地处国土之中,离海很远,没有水运之便,也不像东北、西北那样在国家重点扶持开发的地区里,没有特别的政策优惠。但她中通天下,很快就会成为中国高速公路、高速铁路和航空的综合性交通中心,这会为现代工业的发展和现代贸易提供强有力的支撑。河南的主业是农业,生产出的粮食价格不可能很高,产值无法和工业品比。但我们每年一千亿斤以上的粮食产量是一笔巨大的财富,粮食是硬通货,是战略物资,掌握了粮食生产,就能掌握未来,一旦因为天灾和人祸引起国际上粮价上涨,我们省不仅不会人心惶惶,还能整体受益。河南人口众多,比日本人口只少三千万,一亿多人要吃要喝要穿要住要工作,这是一个巨大的负担。但这也是最可挖掘的潜力,我们不仅不必忧虑劳动力的问题,还能向全国各地送去几百万农民工,这个农民工群体的素质若得到进一步提升,那河南在一定意义上说就是中国经济的发动机。河南历史悠久,文化遗存丰富,典籍和古迹到处都是,这容易让人躺在历史的辉煌中盲目自傲。但在当今人们无限搜寻资源的时候,谁能否认这不是我们的重要发展资源?作者这种理性的分析既让我们清醒,又令我们振奋。

　　他对河南未来发展的看法,虽是一家之言,但颇有科学性。他认为河南应搞好农村土地流转,像有些省那样鼓励成立农庄,发展农业现代化集约生产,要用一定的粮价补贴确保农民进行粮食生产的积极性,要合理提升农产品价格,要进行县乡统一规划,要对农业进行大规模的深化改革。他认为河南不能再走沿海地区发展的老路,要使第三产业旋风般地崛起,要尽快实现服务业的创新发展。他认为河南的工业化有待继续加强。目前河南进入中国企业500强的16家企业,规模都还小;200万户左右的中小型企业里,缺少真正的世界级品牌;省内已有的名牌产品多集中在食品工业行业,其他行业的企业还未成大气候。因此,产业再造的任务很重。他认为河南的文化产业可以大有作为,文化产业既要利用好祖宗给我们留下来的东西,又要注意创新;既要注意满足低端文化消费,又要占领高端文化消费市场;要有一种自信心,争取使河南成为引领文化消费潮流的中心。他认为要加大教育投入,实现教育机会的公平化,提高人口素质,培养更多的经营管理能手、工程师、产业工人、服务业从业者等社会需要的各种人才。

他是一个深爱河南故土的游子,但愿他满怀激情写成的这本书,能引起更多河南籍和非河南籍读者的兴趣,能对河南的未来发展发挥些作用。

南阳之美

——美学阅读漫想

关于南阳美的问题，确实值得讨论。

美，是对人、事、物、地域等感受对象的一种评价，是指其人、其事、其物、其地域等感受对象的好，与善和真一起，成为人类主要的精神追求。

美，对于我们南阳人的重要性不言而喻。心理学大师马斯洛曾说过，从最严格的生物学意义上说，人类对于美的需要正像人类需要钙一样，美使得人类更为健康。

美，通常是人在温饱问题得到解决后自然会想到的事情。我们南阳经济在几十年的持续发展之后，人们吃饱穿暖的愿望得到了满足，这时来谈"美"的确顺理成章。

说到南阳的美，我想说的是两个问题，一个是今天的南阳已经很美，另一个是今后的南阳还应该更美。我说今天的南阳已经很美，是有依据的。美学理论认为，美来自于三个方面，一是人，二是自然界,三是社会。人自身的美,是通过形体美、相貌美、心灵美来呈现的。我们南阳因为气候温润和有多民族通婚及与陕西、湖北的远距离婚配,使得优秀基因得以聚拢传承,体形美、相貌美的比率高于很多地方;在精神方面受儒释道多种文化的滋养,善待他人的信念牢固,所以人称"南阳好人多",心灵美的比率也远高于很多地区。自然界也给我们南阳以格外的恩惠,我们有满身着翠的伏牛山和桐柏山,有几条流量可观的美丽河流,有大片的沃野平畴。这份自然美也是很多地区所没有的。在社会美方面,我们南阳有着很美的民俗风情,比如正月十五月圆夜的观灯踩街之风俗,花灯形状各异、五彩缤纷,人们扶老携幼欢声笑语,那份美景让人心醉;再就是南阳的艺术家创造的艺术之美,比如南阳作家笔下的皇帝、农民、官吏、市井人物,各呈其美。也正因此,我觉得今天的南阳已经很美。

但人们对美的要求向来都是美了还想更美。

我也希望将来的南阳会比今天更美。

要让南阳更美,需要南阳人去做很多事情。比如让南阳的河水和空气变清,让雾霾不再出现,让土地不遭农药和其他有害化学物质的污染;比如让南阳人不说粗话、脏话,见面讲礼貌,相互施礼致意,使大家的言行更优雅;比如让南阳人养成讲卫生的习惯,穿着干净,不乱扔垃圾;比如让南阳人严守交通规则,不论开车、骑车还是步行都按交通规则办;比如利用南阳的历史文化资源打造大型舞台剧和景观剧,等等。我今天只谈一个问题,就是让南阳的建筑物美起来。

建筑物,是人们到一个地方后目光首先接触到的东西。建筑物的美与丑,将直接关乎人们对一个地方的印象好坏和喜欢程度,所以,重视建筑物的美感,是我们每一个地方的主政者都应该特别予以关注的事情。

建筑物,有人说是立体的绘画和凝固的音乐,这很有道理。当我们站在一个美丽的建筑物前观看它时,它的确能给我们带来一种像欣赏绘画和聆听音乐一样的艺术享受,会有一种美感生出来,让我们身心感到愉悦。一个地方的建筑物美了,这个地方带给人的美感也就强了。我们很多人去云南丽江游览,其实就是去看那座古城的建筑物;我们不少人辛辛苦苦坐大巴车去皖南山区看宏村、西递这两个村子,也是因为这两个村子的建筑物特别奇特。我们平时出国游览,除了看外国的自然风景和购物之外,其实就是看他们的建筑物,到德国要看勃兰登堡门,到法国要看埃菲尔铁塔,到英国要看西敏寺。我们要想让南阳美起来,我觉得很重要的一点就是让南阳的建筑物美起来。

多年来尤其是近些年来,我们南阳无论是市区、县城还是小镇、乡村,都出现了许多新的建筑物,这些建筑物中,有不少看上去都挺美,使我们南阳这个地方给外地人和外国人的观感大大改变,我就曾在北京听到不少来过南阳的外地人也包括外国人对我们南阳的赞美。不过,毋庸讳言,我们南阳的相当一部分建筑物,当初在建筑它的时候,更多考虑的是它的坚固性和实用性,考虑它的造价高低和业主的承受能力,考虑美的因素相对较少。这就使得我们南阳市区和各县城城区的新建筑物给人留下强烈美感、让人一见就流连忘返就想拍照留念的不是很多,一些建筑都是他处、他地的复制品。包括高层建筑、低层建筑和农贸市场,包括院墙、门楼和桥梁,有原创美学品位的不是太多。相当一部分建筑物是在京城、省城和别的城市、别的县城都能看到的,给人以似曾相识之感。很少有我们在欧美一些小城市建筑物上感受的那种强烈的创造性的美。当然,百城一面是今天中国城市建设中的通病,不独我们南阳有这个问题。在我们南阳所属村镇的新建筑物里,单一、重复的现象要更严重一些,多是简单的平顶房或二层、三层的平顶楼,房顶没有任何美的装饰,窗、门、墙都无匠心设计,看上去简单、粗陋,根本没有我们在苏、皖两省乡镇看到的那种建筑的地域特点,看完一个村子、一个镇子,就基本上不用再看别的村子和镇子了。

为了提高南阳建筑物的美感,我想分市区、县城城区和镇、村两个部分谈谈我的看法。在市区和县城城区的建设上,我的建议有三点:第一,是对街区的功能预先做好划分。哪条街是高档商业街,哪条街是小商品购物处,哪条街是农贸市场,哪一片儿是居民居住地,哪一片儿是文化区,哪一片儿是办公处,要预先划分好,不同功能的街区,对建筑物的美的要求是不一样的。高档商业街里的建筑物,我们要求的是豪华美;办公区里的建筑物,我们要求的是庄重美;文化区里的建筑物,我们要求的是典雅美;小商品购物处的建筑物,我们要求的是简朴美。不能要求一座县城和南阳市的建筑物都呈现出同一种美学风格。第二,把好每一座建筑物的设计关。从现在开始,规划部门对每一座新建设的建筑物,不论是大厦还是平房,不论是桥梁还是门楼,不论是纪念碑还是亭、塔、坛,不论是公家投资还是私人投资,即使是很小的、花钱不多的建筑物,都要预先审查其设计图纸,凡是没有创新设计,缺乏美学品位的图纸,一律不批准其投入施工。要通过这个关口,把设计平庸与已有建筑物外形雷同的建筑作品抛弃掉,迫使业主和承建方去寻找好的有美学创意的设计师。这样长期坚持下去,几十年上百年之后,我们南阳市区和各县城的城区,就会出现一批各具创意、各有特色、都能呈现出美感的建筑物。第三,对批准投入建设的建筑物,城建部门要严格督察建筑方按图纸施工,保证建筑物涉及美感的地方不偷工减料。我们知道,西方一些有名的美的建筑物,建设的时间都很长,有的甚至多达一百多年历经几代人之手才最后建成,他们对每一扇窗户和每一座大门的外框雕饰,对屋顶每一个雕像的雕刻和安放,对外墙的颜色色调和门槛的形状,都能一丝不苟地按设计图纸完成,决不会因为什么节庆去赶工,决不会因某个官员的话而去降低标准。

在镇子和村子的建设上，我的建议是：首先，要根据地势、河道、街路的现状搞好整体设计，要使一个镇子、一个村子在整体布局上呈现一种美感。比如，是菱形的还是蝶形的，是纺锤形的还是正方形的，是环形的还是长方形的，要在整体外形上先给人一种美感。其次，要给每家住宅的占地面积做个统一规定，对每一家屋前的绿地面积也做个统一规定。至于每家用啥材料、盖啥式样的房子，则不做统一要求，可让每家根据自己的财力和审美观念创造性地去盖，政府能做的，至多是请设计师设计一批具有不同美学风格的民居供大家建房时参考，或是仿汉复古风格的，或是中原豫西南地域近代风格的，或是中式和欧式相糅合风格的等。最后，按照美学要求把人群活动中心和通往镇外、村外的道路建好。比如，道路设多大的花坛，栽什么样的树木，放置何种雕塑作品，设置什么形状的路灯等。还有就是下水道的建设和垃圾存放与处理场地等。这样，几十年过去后，我们南阳的地面上，就会出现一批吸引游人的镇子和村子，很多外地人就会像去江苏的周庄、浙江的乌镇一样，跑到南阳来看我们的村子和镇子。须知，江苏省的周庄，每年仅旅游业一项的收入就有一亿多。

我们南阳人有足够的智慧让我们的建筑物美起来。我们南阳人曾建成了很美的武侯祠、医圣祠、汉画馆、解放塔、白河桥和农运会诸场馆，只要我们在建筑物的建设上坚持不美不建的原则，我们南阳的建筑物一定会因其美丽而引起外人的注意。

南阳也会因此而更有诱人的魅力!

也许要不了一百年,全世界的游人都会争相来看我们南阳的建筑!

报告文学阅读随想

　　报告文学是近些年最发达的一种文体。因其可以快速反映社会问题,直接干预社会生活,而被人们所重视。好的报告文学作品拥有众多的读者,可以在思想界造成很大的影响。因此,学会报告文学的写作,对于一个写作者颇有意义。

　　报告文学是来源于新闻特写和新闻通讯的一种文体。它是人们在不满足通讯和特写的吸引力的基础上,重新创造的一种文体,它的历史并不长,在中国,这种文体的兴起始于二十世纪二三十年代。如:夏衍的《包身工》,范长江的《中国的西北角》,宋之的的《一九三六年春在太原》,黄钢的《开麦拉之前的汪精卫》等。新时期报告文学的先声是发表于 1978 年 1 月的徐迟的《哥德巴赫猜想》。

　　很长时间里,报告文学被看成是"亚文学""边缘文学""二流文学",今天,它已经正式成为文学大家族中的一个成员。在国外,它被称为"非虚构作品"。美国的普利策奖,专门有奖励非虚构作品的项目。

报告文学的文体特点有三个:

其一,它表现的基本内容是真实的。也就是说,它所写的人是真实存在的人;它所写的事,是已经发生过的事;它所涉及的地点,也是实有的。

其二,它的表现手法是文学性的。也就是说,它用的语言是文学语言而不是新闻语言,它的结构方式是文学的而非新闻的。

其三,它是有思想含量的。也就是说,它不仅仅是对人对事的真实报告,还有作者对报告内容的独立思考。

因此,报告文学的定义应该是:使用文学的手段向读者报告世上有意义有意思的真人真事的一种文体。

报告文学的近亲文体不少,比如传记文学,好的传记可能文学性很强,可以当报告文学来读,如《罗斯福传》。又如历史随笔,有文学性,也有虚构的成分,若无虚构,则可以当报告文学读,如《明朝那些事儿》。再如纪实小说,文学性强,但虚构成分很大,如《美国坠机大营救纪实》。

报告文学作品的种类很多,从作品的篇幅上分,有短篇报告文学,字数在三万字以下;有中篇报告文学,字数在三万字到十万字之间;有长篇报告文学,字数在十万字以上。从作品的内容上分,有关于人物的报告文学,如刘亚洲的《恶魔导演的战争》,是写以色列国防部长沙龙的;有关于事件的报告文学,如张建伟的《大清王朝的最后变革》,是写大清国的预备立宪这个大事件的;有关于单位或集体的报告文学,如鲁光的《中国姑娘》,是写中国女子排球队这个集体的;有关于一城一地的报告文学,如陈桂棣的《淮河的警告》,是写淮河流域生态恶化的,又如李春雷的《鄂尔多斯高原》,是写高原建设的。当然,具体到写作时,这四种内容是交织在一起写的。从作品的写法上分,有全景性的报告文学作品,也就是对一个事件的全报告,如钱钢的《唐山大地震》,写了唐山地震发生后方方面面的事情;有局部性的报告文学,也就是对一个事件局部情况的报告,如张敏的《神圣忧思录》,写中国教育改革中的中小学教育的危境。

报告文学的写作,选材特别重要,题材选好了,就成功了一半。作者要特别留意当下社会上和单位里出现的值得关注的人物,留意当下社会上和单位里发生的重大事件,留意一个单位和一个地域发生的重大变化,从中找到写作的材料。

一部报告文学作品要写好,当注意以下问题:

(1)要大量采访,搜集第一手资料。

如果是写一个人,那么这个人的父母、兄弟姐妹、儿女、同事、同学、老师、朋友、学生,凡跟他(她)打过交道的人,作者都应该接触采访,以了解其生活中的各个方面的情况。

如果是写一件事,那么这件事的起因、发生的过程和事后的影响,都要采访清楚。《诺曼底登陆》这部书的作者,为了写好这场战役,先后采访了六千余名战役的参与者。除了采访,还要运用一切手段,寻找有关的文字和音像资料。在今天这个网络时代,人的行为都可能留下文字和影像资料。

(2)查阅背景材料,从广阔的背景下审视要写的对象。

如果写人,要查清这个人经历的社会历史背景;如果写事,要查清事件发生时的社会风气等情况。

(3)要有感情渗透,有爱有恨,使文字浸润上感情。

(4)反复思考,决定用什么思想去将素材串联起来,将什么精神灌注进去。

(5)反复比较,选定最恰当的结构方式。

报告文学的结构方式很多,如李延国的《中国农民大趋势》,是卡片式的,还有日记式的、对话式的、串珠式的等。

(6)要反复试验,选定语言风格。

张建伟在《温故戊戌年》开篇写道:光绪二十年戊戌,1898年3月的一天,当政的光绪皇帝发了一句牢骚,他说:“如果还不给我办事的权力,我愿退让此位,不甘做此亡国之君。”

这个开头,使整篇文章有了幽默的味道。

陈桂棣在《淮河的警告》开头引了一首关于淮河水的民谣:

五十年代淘米洗菜,

六十年代洗衣灌溉,

七十年代水质变坏,

八十年代鱼虾绝代,

九十年代身心受害。

这首民谣决定了整篇文章的语言风格是激愤的。

贾鲁生在《丐帮漂流记》里写道:乞丐们纷纷咒骂。在马路上小便,嘴里喊着:"洒水车来了";往建筑物上抹屎,说是"刷油漆"。乞丐们经常用诸如此类的恶作剧发泄他们对人生的不满。

这篇文章的语言风格是口语化的。

王家达在《敦煌之恋》的开头写道:这是朝圣的季节。千万人的洪流,踩着滚烫的沙漠,向着中国西部一个小小的绿洲——敦煌涌去。

这是用的书面语,比较雅致。

面条的前世今生

面条是我们河南人的主要食品。一般人家每天都至少要吃一顿面条。我小的时候，村子里衡量人富不富裕，有一个标准，是看他一天能吃几顿面条，凡一天能吃上两顿面条的，都可被称为富人。我母亲就常羡慕地指着别人家的院门对我说：你看看人家多富，一天都能吃两顿面条！

河南人对面条的迷恋达到了别人很难理解的程度。像我，如果连续几天不让我吃面条，就会急得抓耳挠腮。我在西安上军校时，军校食堂很少做面条，我就在吃过午饭或晚饭后，再悄悄出校门到外边的小饭馆里掏钱吃一碗面条。有一年去俄罗斯访问，连续几天吃不到面条，把我弄得好难受，于是就邀一个河南籍的朋友一起，在一个晚饭后四处去找吃面条的地方，跑了圣彼得堡好几条街道，才找到一个华侨开的面馆。一问价钱，合人民币四十五元一碗，再贵也要吃，我一下吃了两碗，这才舒服地回到了所住的宾馆。在我们那里流传着这样一则笑话,说是有一个婴儿,在妈妈肚子里看见妈妈天天吃面条,知道了面条好吃,妈妈生他那天,遇到了难产,妈妈被折磨得哭喊连天,可就是生不下来,这时候奶奶急了,在一旁抱怨儿媳说:面条都做好了,还不再使点劲?!这话让婴儿听到了,以为是叫他吃面条哩,肩膀一缩,哧溜一下就钻出了妈妈的肚子……

其实在中国,爱吃面条的可不止河南人,我知道陕西人、山西人、甘肃人、青海人等黄河流域及其以北地域的人,也都喜欢吃面条。南方人多把面条作为一种辅食,其实南方的米粉、米线和河粉,也算是面条的种类。几乎可以说,在中国很少有完全没吃过面条的人。也正因此,各地都有自己的面条品牌,像河南的烩面、陕西的油泼面,山西的刀削面,兰州的拉面,上海的阳春面,杭州的葱油拌面,镇江的锅盖面,济南的打卤面,北京的炸酱面,四川的担担面,武汉的热干面,香港的虾子面,台湾的担仔面,新疆的拉条子,等等。据不完全统计,现在中国习惯吃面条的人约有八亿。如今,中国的面条已有五百多个种类。

吃面条的也不止咱们中国人,意大利人吃意大利面和通心粉,目前,全球意大利面条的年产量已达一千万吨。日本人吃日本拉面,朝鲜人吃朝鲜冷面。顺便说明一下,意大利人和今天欧洲人吃的面条,是由威尼斯商人马可·波罗从中国传过去的,日本拉面是由"遣唐使"从中国传过去的。

人为什么会吃面条？这得从人类发现、发明食物的历史说起。我们知道，人类发现火之前，主要是生吃食物，发现了火之后，最初只知道把采摘的植物的果实和猎获的动物的肉煮熟、烤熟了吃，还不知道把植物的果实粉碎了吃。粉碎果实是在石磨出现之后，春秋末期公输班创制了石磨，麦子、谷物的粉食才成为可能。有了面粉和米粉之后，怎么把它们做得好吃，又在考验着人们的智慧，这时，有的人只是把面粉、米粉炒炒吃，叫吃炒面；有的聪明人把面粉、米粉加水和成团，再捏成片放汤中煮，叫吃汤饼，实际上是吃面片；还有手巧的人，把面团搓成长条放进汤里煮，这样还叫吃汤饼，实际上就是吃面条。

吃汤饼也就是吃面条，是从东汉开始的，但一直到了宋代面条才正式被称作面条。《东京梦华录》里记载，汴京的面条已有好多种了。古籍中第一次出现关于挂面的记载，是元朝忽思慧的《饮膳正要》。这样说来，面条的发明权应属于中国人。

但关于面条的起源国，前些年在世界上却争论不断。意大利人说是他们发明的，阿拉伯人说是他们发明的。我们中国人拿出关于面条的文字记载让他们看，意大利人拿出他们关于面条的壁画照片让我们看。在2002年10月中旬，中国社会科学院研究员叶茂林带领工作人员在青海省民和县喇家新石器遗址上发现了一个倒扣着的碗，揭开碗，在碗形泥土的顶端，也就是原碗的底部位置上,躺着一团鲜黄色的线状物,外表形似我们今天吃的拉面,经鉴定,这是小米粉做的面条。喇家毁于一场地震,这碗来不及吃下的面条被密封在地下,直到四千年后才重见天日。这碗面条,为中国人赢得了面条发明者的殊荣。之后,英国《自然》杂志发表了题为《中国新石器晚期的小米面条》的论文,到此,关于面条发明权的争论才算得以终结。

面条这种食品不仅做起来简便,营养丰富,而且有一些种类,还被演绎成故事,赋予了人文含义。比如,长寿面。传说汉武帝时,有一天议完朝政,君臣开始闲谈长寿之事,有人说脸长可以长寿,有人说人中长可以长寿,有人说耳垂长可以长寿……君臣们的议论传到民间,逐渐变样,把脸换成了面,说成面长可以长寿,于是人们为图吉祥,为求长寿,就渐渐形成了在生日这天吃面的风俗,而且这天的面条要擀得切得越长越好,以面长寓意寿长。

又如,陕西岐山的臊子面。传说有一个父母双亡的穷书生,由哥嫂抚养,嫂子不仅面条做得好,而且打的卤也好,为了让小叔子读好书求功名,嫂子为他打的卤中有肉有菜,吃了齿间留香,后来小叔子果然成了举人,嫂子做的这种面就被誉为"嫂子面"。其他人听说了"嫂子面"的做法后,为了让自己的孩子考取功名,也仿制这种面,但孩子却累累落榜,弄得又羞又愧,所以这面便又称

"臊子面"。

再如，三鲜伊面。传说伊尹的母亲常年卧病，伊尹特意用鸡蛋和面，揉擀切条之后，先蒸熟，后油煎，这样即使他不在家，母亲也能很方便地吃面，而且这面久放不腐。吃面时浇的汤是用鸡、猪骨头和海鲜炖制而成的。伊尹母亲在儿子的悉心照料下身体康复，所以这种面又叫"孝子面"。三鲜伊面的做法和今天的方便面的做法很相似。

面条这种吃食的演化历史给了我们三点启示。其一，一个民族的主要吃食都不是在短时间内偶然出现的，而是这个民族在长期的生存过程中逐渐创造出来的，有无数人参与其中。我们今天在享受每一种祖先传下来的美食时，要对前人充满感恩之心。其二，一种吃食所普及地域的广度，是和创造者的经济文化影响力相关的。我们中华民族创造的面条之所以能传至意大利、日本、朝鲜，扩展至欧洲和阿拉伯等国家，是因为我们民族的经济文化影响力曾经很大，我们中华民族曾为很多国家的人所仰视。美国的麦当劳快餐今天能在全世界开连锁店，也是这个原因。其三，一种吃食一种吃法一旦在某一地域形成习惯和传统，它会对该地域人的生理和心理产生很大影响，它会与人们对该地域的爱和对该地域人的爱交织在一起，成为乡情、民族情的一种重要成分，成为地域文化和民族文化的内容。面条很容易把河南人聚拢在一起，中餐很容易把中国人聚集在一起。

愿大家都爱吃面条！

愿我们中国人今后能创造出更多的美食！

让世界更美好

——戴立作品读后感

　　戴立自十六岁拜王宗仁先生为师学习文学创作以来,已出版过《面海的窗子》和《我们仰望星空》两本诗集,出版过散文集《清风舞动白杨树》,出版过长篇报告文学《穿出新军威》,另有很多作品散落在军内外的报刊上。在我们总后勤部的业余作家队伍里,她是一位才华横溢的三栖作家,在诗歌、散文和报告文学三个领域里都有丰硕的收获。

　　一个作家在三大文学领域里都有建树,这不容易。戴立能做到这点,大概和她的人生经历有点关系。她出生在南京,幼时在金陵故都生活,常回祖籍地安徽怀宁小住,从小受浓郁的江南水乡文化熏陶,使得她敏感和浪漫的诗人气质得以形成。后来,又到东北军营随父母生活,在广袤的松嫩平原上见识寒风和冰雪,接受强悍的黑土地文化的滋养,使她的身上平添了一股横戈马上以文报国的豪气。再后来,她考军校、当军官、进总部机关,在军营里历练,火热的军旅生活又激发了她用几种文体去书写的欲望。于是她一发而不能收,在做好本职工作的同时,为读者奉献出了文体多样、内容丰富的文学作品。

评说戴立的创作,我觉得用以下三个称呼比较妥帖——

善与爱的呼唤者

诗歌,在戴立的创作总量中占着很大的比例。她的诗作中,一部分是古体诗,一部分是现代自由诗。在这些诗作中,她用诗句描述和歌咏的对象很多,有自然界的山水花鸟,有历史上的文化遗存,有古今中外的名人,有当下发生的社会事件,有军中的生活和人物,但不管她咏叹的具象的东西是什么,我在读这些充满灵性的诗句时发现,有一种东西是她始终在呼唤的,那就是善与爱。

在《一座山峦的命运》一诗中,她先是哀叹:无法找寻昔日的山峦/草木萧疏山石嶙峋/天空中常有鸟儿在哀鸣/也许它们与我一样/失去了重归的路径。接着质问:而我无法明白的是/是谁一定要破坏这一切呢/一定要开采与砍伐去/粗暴地改变一座山峦的命运……这些饱含着愤懑和无奈的诗句,不是在热切地呼唤我们去善待和热爱自然界吗?

在《静夜读史之三》中,她感叹:多少花开自爱/奈何岁月匆匆/是谁凭窗默诵/是谁低语呢哝/千秋肉肠百转/依依独对小灯……呼唤我们去珍惜倏忽而过的生命,去挚爱自己不长的人生。

在《军人自白》一诗中,她用"我懂得爱/因为爱/可以将生命置之度外/我懂得爱/因为爱/可以把热情悄悄收藏起来"的诗句,呼唤我们以博大的胸怀,去爱脚下的土地和生养我们的祖国。

在《范仲淹》一诗中,她用"中华自古敬贤人/贤人至孝传美名/天下忧乐存怀抱/不尽人间爱母情"的诗句,呼唤我们去善待自己的亲人,去热爱民族历史上出现的贤人。

我们知道,善与爱是两个很难分开的概念,善是爱的基础,爱是善的表现。爱是一种能力,善是一种心地。你有了善心,才会生出善念,才会口出善言,才会做出善行,才能让人感受到你能爱,你会爱,你敢爱,你可爱。

我们更知道,善和爱虽是人性中的正常成分,但没有后天的保护和培养,它们很可能会在社会的激烈竞争中被渐渐磨蚀掉。也因此,作为人类精神家园守护者的作家,应该把呼唤善与爱作为自己的一个任务。戴立身为一个年轻作家,不仅注意保护自己的善心和爱的能力不受磨蚀,随时准备伸手帮助身边每一个需要帮助的人,还牢记着自己的这种责任,不断地用自己的诗文去讴歌社会上的善举,去传递人与人之间的爱意,去谴责人身上的冷漠,去鞭打人群中的恶行,从而想把隐藏在人们心中的善心和爱念都呼唤出来。

不管别人怎么去理解作家的责任,我自己认为,这才是一个作家存在的意义。

真与道的追求者

散文,是戴立喜欢的又一种文体。她写的散文作品,一部分属于记叙抒情性的感性散文,一部分属于议论哲理性的智性散文。不论是哪类散文,她与一般女性作家的笔法都有不同。她写人,喜欢写人的真性情;她写事,喜欢求得事情的真相和含蕴的道理;她写景,喜欢抒发真情;她写物,喜欢睹物忆旧,求得真见。总之,她喜欢对人、对事、对物追根问底,想找出道理也就是真理所在。

她的散文中写人物的很多,她写过同学、同乡、同事,也写过父亲、母亲、祖父,还写过思想家、科学家、文学家、政治家等等。在写这些人物的时候,她特别注意写出他们的真性情,写出她对这些人物感兴趣的真正原因。在《祖父》一文里,她写祖父受家境所限,在三个儿子中只选择一个儿子供其上学;写祖父为了打消祖母对冥屋的担忧,先做好一厚一薄两个棺材,指明厚棺是祖母的;写祖父高兴儿子娶了一个城里知书达礼的媳妇,对村人介绍与己同行的儿媳是自己的小女儿,把一个极会治家处世的乡间智者的真性情写得活灵活现,从而丰富了我们对农人的认识。

她的散文中写事件的不少,不管事情发生在当下还是久远的过去,她喜欢追寻并写出事情的真相和其中蕴含的道理。在《前事今生》一文中,她写一名演员英年早逝这件事。她认为,这位演员从所演的《红楼梦》这部戏里汲取了人生营养并引发了对美的深爱,但贫寒的家境使她后来又不得不投入商海,拼搏的压力损害了她的身体,在选择可能毁容的西医疗法还是选择中医疗法时,由演戏而形成的对美的热爱让她选择了后者。笔者在字里行间告诉我们,人的命运常由选择决定,但做何选择又决定于人的既往经历,也因此,我们永远都不要抱怨他人。

她的散文中写风景的也很多,她写过版纳风情,写过丽江古城;写过蓬莱阁,写过清照祠,写过华清池,写过兵马俑,写过大足石刻,写过云冈石窟,写过鼓浪屿,写过五台山……凡她到过的地方,差不多都留下了文章。在写这些游记类的文字时,她特别注意抒发真情,是喜欢就写喜欢,是伤感就写伤感,是虔敬就写虔敬,是不屑就写不屑。不掩饰自己真正的看法和真感情。在《泰山之忆》这篇文章里,她在写登山过程时感叹:自然面前,人渺小,个欲卑微。体会到:人离天籁越近,就离自然越近,离人的浪漫本性越近。并由衷地表示:只要登高望远,只要离你更近……

她的散文中,有一部分属于议论哲理类的作品,这部分作品直接发表议论,讲出自己的真正见解。比如《旅途》一文,由游旅之途讲到人生之途,由秋景无限说到人的中年风景。既慨叹人生,犹如无知而远行,又叮咛我们这些读者:不忧,不惧,该是对整个的人生。在《注目人间的洞孔》这篇散文中,她由耶稣被钉在十字架上,身上留下了洞孔,说到我们常人应该怎样对待他人,讲出了"不经起落,不知平淡之真","亲临灾难,更能体会别人的疼痛"的见解。

美与馨的发现者

报告文学,也是戴立这些年写得较多的一类作品。报告文学是20世纪二三十年代才在中国兴起的一种文体。这种文体的最大特点是能快速地对现实生活发言,能很快干预当下的生活。戴立在写这类作品时,审丑的东西几乎没有,这并不是因为她看不到生活中阴暗和丑陋的东西,而是她觉得去发现生活中美好和馨香的内容并加以张扬,才是作家的重要责任。这些年来,她一直在用笔讴歌美好和馨香的创造者。她写过一批反映总后部队官兵生活的中短篇报告文学作品,作品的主人翁有在军医大学担任教学任务的优秀教授,有在偏僻山区后方仓库任职的优秀干部,有在青藏兵站部工作的师职领导,有在油料研究所从事油料研究的科研人员。进入她作品中的人物,虽然普通和平凡,但她能从他们普通和平凡的生活中发现他们心灵中的美好部分,让读者读后能闻到美好人性的芬芳和馨香,从而为自己树立学习的榜样,进而去影响社会风气向更好处转变。

长篇报告文学《穿出新军威》是她倾心写出的大部头作品。这是一部集中展示她以发现美和馨香为责任的书。为了把这部作品写好,她四处寻找中外历史上尤其是我军历史上关于军装设计制作的史料,仔细采访了我军07式新军装的设计者,认真了解了07式新军装定型、制作、管理和换发的过程,还询问了许多穿上新军装的干部和战士的感觉,之后才动笔写作。她说过,她写作这部书,就是为了把军服之美——这种人类服装美中最为特别的美,向世人展示出来。她认为,一个伟大的时代,必然会孕育令人惊叹的美,07式新军装的诞生,就是一个例证。在这部书中,她向我们展示了人类追求服饰美的漫长历程;给我们讲述了军服因能展现军威、国威而呈现的威武美;引导我们回顾了我军在各个时期为追求服饰美所做的努力;告诉我们07式新军装究竟美在哪里;更特别向我们介绍了07式新军装的设计者和制作者创造美的经过。这部书其实就是一部关于美的形象教科书。读这部书,你不仅会得到一种审美的愉悦,还能闻到美好心灵的馨香。

戴立最初的写作,可能只是出于一种对文学的喜欢。可如今,她用她大量的作品告诉我们,她想用她的文字让这个世界变得更美好,更适宜人类居住。她开始有了沉重的责任感。

愿她坚持走下去。

才情独异

——读高津滔书画

高津滔原本有做官的机会,但他痴迷于书画艺术,多年来把工作之余的大部分时间都用在了探究中国传统文化、研习书画艺术上。结果,仕途上少了一个官员,艺坛上出现了一位有独异艺术才情的书画家。如今他的书画作品已有多幅被中国和外国博物院、馆收藏,不少作品被收进各种版本的书画作品集,一些被作为国礼送给外国政要人物;他本人获得了各种规格的奖励和荣誉称号,其成就和事迹收进了好多种名人传记一类书籍,作为他的战友,我真诚地为他高兴。

津滔有这番成就,首先得益于他对中国传统文化的深钻细研。津滔深知,每一种艺术形式都需要有本民族的传统文化做根基,要想在书法和国画两门艺术上有成就,没有对中国传统文化的学习和了解是不可能的。所以他的阅读范围很广,佛家的、道家的、儒家的书他都翻阅;说文的、谈书的、论画的,他都涉猎;唐诗、宋词、元曲，他都诵读。有了这个基础之后，他再在书、画两方面分别向历史久远处回视，看明白其来路和演变。在书法上，他从二王到智永，从欧褚到颜柳，从米芾到文徵明，都做了临摹和体悟；在绘画上，他对隋唐五代的吴道子、阎立本，对宋代的马远、朱锐，对元代的曹知白、柯九思，对明代的仇英、董其昌，对清代的吴昌硕、朱耷等人的画做了反复揣摩，对他们的艺术风格做到了了然于胸。

输入是为了输出，学习是为了创造。津潼在对传统文化研习和对前人艺术成果的研究基础上，开始走自己的创作之路。这些年，无论他的书法作品还是绘画作品，都很快脱去了模仿之味，开始了带有自己鲜明精神印记的创新。在书法上，他的创新表现在两个方面，一个是创造了"童孩体"，使其书法作品猛看上去像是初学写字的孩子们写的，带着很重的稚拙味道，使人获得一种返璞归真的快感，细看又有很强的功力在，使人获得一种寓智于稚的美感。另一个是增强字和笔画的象形感，使字和画的距离拉近，让人一看便能会心一笑。他写过一幅《和乐通天下》的作品，其中"通"字下边的一捺，用一长串脚印替代，让人既一看就懂，又觉得含意丰富。他还写过一幅名为《笑容》的作品，把"笑"和"容"写成了两张可爱的笑脸，使字有了画的效果。而且在写"笑"时，使"竹"字头似一对笑眼，使"天"字的一撇一捺似一把飘逸的胡须，让整个字看上去像一张男性的笑脸；写"容"时，把宝盖头写得似女人的秀发分向两边,中间那一撇一捺似两弯月牙笑眼,底部那个"口"字似两个上扬的嘴角,让整个字看上去分明是一张女性的笑脸,使人看了不能不把笑容浮在脸上。

在绘画上,津滔的创造首先体现在选取的题材新。比如他那幅《菩提叶》,我们知道,按佛家的说法,"菩提本无树",那菩提叶从哪里来?它只能从画家的想象中来,它的样子既像树叶又不像树叶,叶脉的对称不仅让我们想到了某些树叶,也让我们想到了人生的平衡和得失的对等等形而上的问题;颜色的非青非黄,不仅让我们想到了树叶的某个生长阶段,也让我们想到了人生的某些阶段。其次是思想含蕴深。他那幅"葫芦图",在一片红色、紫色、咖啡色和其他颜色的混沌色块里,一只葫芦和一个问号隐约闪现。这分明不是在画静物,也不是在画风景,他画的其实是一种意象。看了这幅画,你会联想很多东西:事物的真相只会隐约地显示给我们的眼睛?什么事物都可能被遮蔽?世界是混沌不可知的?葫芦里装的什么药?画和文章在一点上很相似,那就是含意越是复杂难以说清的,越是上品。这幅画的多义性让我们看到了画家思想的力量。最后,津滔在绘画上的创新还表现在色彩和用料的新发现上。他大胆地把青花瓷的那种窑变蓝色用到自己的画中,使得画面有一种古典的优雅感;他笔蘸咖啡和普洱茶水作画,使得画面有一种胡杨木般的沧桑坚硬感。

创作是一种思维活动和精神劳动,一个艺术家的思维方式,必然会影响到他的创作内容和精神走向。对于这点,津滔有清醒的认识,因此,他特别注意对思维方式进行研究,曾和人合著了一本《利导思维》的书,强调遇事向好的方面考虑,尽想些愉快的事情,把一切思考导向对自己身心有利的方面。这种利导思维的反面是弊导思维,即遇事往坏的方面考虑,尽想些烦恼的事情。津滔在艺术创作上以利导思维作指导,利用利导思维的特性和优势,作品在精神层面就呈现出一个向上、积极、欢快的走向,面对他的作品,你可以有多种感觉,但绝不会有压抑、颓废、绝望的感觉。他画的那幅《高山流水》,不论是构图还是着色,让人看了都会心旷神怡,会苦累皆忘,会精神抖擞。人们欣赏艺术作品的目的之一,是暂时忘却现实生活中的烦恼和苦痛,是瞬间忘却肉身的存在,是获得精神上的享受,而津滔的作品,恰恰能满足这一点。

艺术的探索之路,是没有终点的。津滔深知这一点,他眼下还在不断地充实自己,一边细读前人和今人的书,一边审视大自然的变化和人类前行的脚印,一边思考自己的创作内容和形式,我相信,随着时间的推移,他会创造出更多的书法和绘画精品,从而丰富我们民族的艺术库存。

读《复活》

那时，"文化大革命"还在"波澜壮阔"地进行。

那时，我还是一个炮兵团里的新兵。

是一个星期日的后晌吧，我去邻排的一个班长那儿串门，发现他正聚精会神地读一本旧书，书既没有封面，也没有封底，书脊也磨损得看不出书名和出版社的名字。我随口问："啥子破书，值得这么认真地读？"他闻声先是一惊，继而诡秘地笑笑，随后便把书掖在了褥子底下。我本来对那旧书并无兴趣，可他的举动反倒引起了我的好奇，我就坚持着要看看，但他执意不给，只说："你好好学习'老三篇'吧，别看这些旧书耽误时间！"我凭着本能判断：那一定是一本好看的书，要不，他不会如此金贵。心想，硬要你不给，我就悄悄来偷，我不信我就看不成。

第二天上午趁他外出不在宿舍时，我大摇大摆地到了他的床前，顺利地从褥子底下摸出了那本书。我拿回自己的宿舍开始翻,书的前几页已经被撕了,能看清的第一句话是:"姨母开家小小的洗衣作坊,借此养活儿女,供应落魄的丈夫。"我一开始读得有些漫不经心,但渐渐地,我被书中的故事吸引了,我那天读得差点误了上岗。中午吃饭的时候,那位班长过来神色严肃地问:"是不是你把书拿走了?"我伸伸舌头讨饶地一笑说:"我看完就还!"他捏住我的肩膀郑重地交代:"记住,只许自己看,不准传,不能让干部们发现!"

之后几天,我便完全被此书迷住了,只要有一点点空儿,我就会摸出它来读。那时正是强调学习《毛泽东选集》的时候,为了不让别人发现我在看什么,我每次读前,都在桌上摊开一本"毛选",使别人以为我是在边读"毛选"边查看什么辅导材料。我虽然不知道这本书的名字,不知道作者是谁,但我的心被这本书震撼了,我记住了玛丝洛娃和聂赫留朵夫这两个书中人物的名字,记住了几乎全部的故事情节,其中玛丝洛娃在一个风雨之夜赶到小火车站想见聂赫留朵夫而没有见成的那一节描写,像连环画一样深深地印在了我的脑子里,直到今天,我只要一闭眼,还能看见玛丝洛娃在夜雨中无望地随着火车奔跑的情景。当时年轻的我,对玛丝洛娃的命运生出了无限的惋惜和同情。

读完全书的那天傍晚,我久久地坐在床沿没动。一开始是仍沉浸在书中的故事里,但后来,一个念头像一只小鸭那样从心底里摇晃着走出来了:将来我也要写一本像这样激动人心的书出来！如果有一天我真写出了这样的书，我一定要大笑三天……

我恋恋不舍地把书还给了那位班长，十分遗憾地说："书真好，可惜不知道书名和作者。"班长笑笑，附在我的耳朵旁轻轻说："书叫《复活》，作者是俄国作家列夫·托尔斯泰。"哦，《复活》！"复活"这两个字从此便留在了我的心里。

还罢书之后的那个晚上，我很久都没有睡着，我心中暗想，总有一天，我要弄到一本崭新的《复活》，我要好好再读一遍。

六年之后，我的这个愿望得以实现，我在济南的一家书店里，买到了一本新版的《复活》。也就是从这时开始，我开始学写小说。我虽然至今也没写出像《复活》那样激动人心的书来，但我明白，书，应该像《复活》那样写！

也就是因了这段经历，我对偶然见到的一些书本，总要认真地翻一翻，我期望在不经意中会像当年遇上《复活》一样，再遇上一位导师。谁敢保证，好书都会让你在正规书店的柜台上发现？

卡尔维诺的启示

　　意大利作家伊塔洛·卡尔维诺的作品,我是 1992 年才读到的。当时读的是花城出版社出版的肖天佑先生译的《帕洛马尔》那本书。那本小开本的书中收录了卡尔维诺的一部中篇和四个短篇小说。老实说,因为不懂意大利语,事先对卡尔维诺先生一无所知,也因为这些年读过的翻译过来的外国文学作品太多,知道其中不少并不是精品,所以我那天拿到那本书时本想翻翻即扔的,没想到一开读便被吸引住了。最先吸引我的是短篇小说《糕点店的盗窃案》中的那几个窃贼:德里托、杰苏班比诺和沃拉·沃拉,卡尔维诺把三个窃贼的心理和言行写得极其精彩,几次使我忍不住笑了起来。对这三个人物的描述使我看出了作者的写实功力,我顿时对作者恭敬起来。接下来我读了短篇小说《恐龙》,这篇以恐龙自述的方式写出的小说,对恐龙的命运和灭绝的因由进行了思索,最后得出了形而上的结论:恐龙灭绝得越彻底,他们的统治范围就扩展得越广。这使我知道卡尔维诺的小说有着深刻的思想内核，不由得对他钦佩起来。

我真正被卡尔维诺征服是在读了他的中篇小说《帕洛马尔》之后。这部写于1983年的小说是他的最后一部小说。因为两年后他患脑溢血在意大利锡耶纳死时，手上的作品《在太阳之下的美洲豹》并没有写完。《帕洛马尔》是由三十九个片段构成的小说，情节并不完整，但它现实主义的描绘极具魅力，对现代人的孤独感和失落感的表现十分准确，是一部现实主义和现代主义相互交融的作品。这部小说也可以说是一部观察和默想的记录，对月亮、星星、海浪、乌龟、乌鸫、壁虎、椋鸟、长颈鹿、白猩猩等的观察细致入微，记录富有情趣，明白易懂，表现了作者对大自然的热爱，也使读者读后有一种美的享受；而那些默想则都浸透了哲理，使人读后对人的命运和我们生活的宇宙有了新的认识。小说的最后一节是"学会死"，我读后特别受震动。小说的主人公帕洛马尔在这一节里"决定今后他要装作已经死了，看看世界没有他时会是啥样"。帕洛马尔的这个愿望恐怕很多人都有，就是想看看自己对于这个世界的价值。一些自以为了不起的人总认为自己对这个世界做出了巨大贡献，世界没有自己肯定不行。帕洛马尔观察的结果是："世界完全可以没有他，他也完全可以放心地去死且无需改变自己的习俗。"这个观察结果使帕洛马尔意外，也使我这个读者受到震动：原来我们每个人对于这个世界都是可有可无的。有你,这个世界可能会好一些;没你,这个世界也照样存在。谁也没有什么特别的了不起。我们都要以平常心对待自己的存在,改变自己与世界的存在关系,以平和的眼光看待一切。

《帕洛马尔》使我意识到,卡尔维诺的书是我应该尽量多读的。今年初,译林出版社出版了他的《寒冬夜行人》和《命运交叉的城堡》,我得到书后立刻去读。《寒冬夜行人》这本献给丹尼埃勒·蓬奇罗利的小说,最新颖的地方是它的结构方式,这种方式到目前为止还从来没有人用过。小说以《寒冬夜行人》一书的出版发行为开头,写读者买来文本书一看,发现从第三十二页以后,书的装订有误。于是找到书店要求更换,书店老板解释说,已接到出版社通知,卡尔维诺的《寒冬夜行人》在装订时与波兰作家巴扎克巴尔的《在马尔堡市郊外》弄混了,答应更换。男读者在书店里还遇到了一位女读者柳德米拉,她也是来要求更换装订错了的《寒冬夜行人》的。接下来小说便在两条平行线索上展开叙述:一条是男读者在阅读为寻找《寒冬夜行人》而得到的十篇毫无联系的小说开头的故事;另一条是男读者与女读者交往和恋爱的故事。这种原创性的小说结构让人耳目一新。使我看到了卡尔维诺不断改进和完善自己创作手法所做的巨大努力。

这本小说吸引我的另一个地方,是它对小说创作发表了很多有意思的看法。书中说,看书就是迎着那种将要实现但人们对它尚一无所知的东西前进。书中说,我想看这样一本小说:它能让人感觉到即将到来的历史事件,有关人类命运的历史事件,就像隐隐听到远方的闷雷。书中说,我最想看的小说,是那种只管叙事的小说,一个故事接一个故事地讲,并不想强加给你某种世界观,仅仅让你看到故事展开的曲折过程,就像看到一棵树的生长,看到它的枝叶纵横交错。书中说,我真想写一本小说,它只是一个开头,或者说,它在故事展开的全过程中一直保持着开头时的那种魅力,维持住读者尚无具体内容的期望。这样一本小说在结构上又有什么特点呢?写完第一段后就中止吗?把开场白无休止地拉长吗?或者像《一千零一夜》那样,把一篇故事的开头插到另一篇故事中去呢?……这些看法对我这个写小说的人不无启发。卡尔维诺其实是在教我们怎样写小说。作者在这本书中对小说的内容、语言、形式、印刷和装订都有精彩的议论,差不多可以说是一部关于小说的小说。

《命运交叉的城堡》这本书收录了卡尔维诺的三部作品,即《命运交叉的城堡》《看不见的城市》和《宇宙奇趣》。前两部是后现代派创作风格的小说,后一部是带有浓厚科幻色彩的小说。我读完《宇宙奇趣》之后才知道,我当年所读的短篇小说《恐龙》,原来就是《宇宙奇趣》中的一章。

卡尔维诺一生写了二十多部作品,我只读了他作品中的不多一部分,但就是这个阅读量,也使我看出了他创作上的三大特点:其一是顽强地不停地寻找新的表现手法。他的小说这一篇和那一篇在表现手法上很难找到雷同的地方。他从写现实主义小说开始,在发现现实主义表现手法的局限性之后,开始向寓言和童话世界去寻找新的手法;接着,又转向科幻小说,运用后现代派的写作手法来反映现代人的生活。后来,他将现实主义、超现实主义和后现代派综合于一身,形成了自己的风格。其二是在寻找写作题材时视域极其广阔。地上的草,海里的浪,水里的蛇,树上的鸟,天上的星星、月亮,过去的传说,当下生活中的爱情,都能进入他的小说。消失了的过去和就要开始的未来,自然界的万事万物,人的各种痛苦,都可能成为他的写作题材。和我们一些作家只会写农村生活或只会写市民生活相比,他的视域要广阔得多。其三是他在作品中思考的东西透彻而深刻。在《看不见的城市》这部作品中,他通过书中的人物告诉我们:为了回到你的过去或找寻你的未来而旅行;别的地方是一块反面的镜子,旅行者能看到他自己所拥有的是何等的少,而他所未曾拥有和永远不会拥有的是何等的多。他由马可·波罗的旅行见闻讲起,先思索的是旅行的本质,接下来思索的是人占有的局限以及人生的局限。把人这个在世界上走来走去的生物的可怜境况思考得透彻而深刻。

卡尔维诺用他的创作实践告诉我这个文学上的后来者,你要想成为一个优秀的小说家,你就一刻也不能停止向前寻找,寻找的东西主要是两个:一个是新的表现形式,另一个是新的表现内容。尽管无数的前辈作家已经找了无数年且也已找到了无数的表现形式和表现内容,但总有一些更新的表现形式和内容藏在前边的草丛和密林里,需要经过仔细寻找才能找到。只要你有耐心且肯付出心血,上帝一般不会让你空手而归。

卡尔维诺还用他的成功告诉我,小说家的劳动是为了丰富人类的精神生活,但他的最终追求却是要把人类对内宇宙和外宇宙尤其是内宇宙的认识再向前推进一步,当然,这种推进是通过艺术手段来完成的。

卡尔维诺还用他的人生经历告诉我,一个人一旦以小说创作作为自己毕生的事业,他因为创新而起的焦虑和写作竞争而经受的煎熬总要比别人多,他的身体就或多或少地要受伤害,他的身子很难如常人那样健康。卡尔维诺是在六十二岁的年纪上辞世的,他走得有点太早了。他如果不干这个行当,也许会活得长久些。

作为一个后来者,我对所有给过我启示和启发的文学前辈都满怀感激之情,卡尔维诺这个意大利人是他们中的一个。

我怀念他。

感谢丹纳

我无缘与法国史学家兼批评家丹纳相识,他的辞世与我的出生之间横亘着五十九个年头。但我对他充满了敬意和感激之情,因为他留下了一部我最爱读的书——《艺术哲学》。

我与《艺术哲学》一书的相遇纯属偶然,不是在教授的书桌上,不是在图书馆,而是在泰山脚下的一座军营里边。那是 1971 年的秋天,苹果将熟的时节,我奉命来到这座军营。我们的住处与电影队相邻,我去看放映员倒片子时在一个桌子上发现了《艺术哲学》。它的封面已被撕烂,不过能够在版权页上看清,书是人民文学出版社出的,1963 年 1 月第 1 版。

没有读过大学的十九岁的我,当时并不知道丹纳是谁,促使我把这本不知被谁丢弃的书保存起来的原因有两个:一是书中有一些插页是世界名画,二是我从目录中发现它讲到了文学——文学是我内心里一直渴望亲近的姑娘。

初读《艺术哲学》,我没能读懂,我觉得书写得过于抽象。那时我虽然还在政治经济学和文学两扇门前徘徊,犹豫着不知该去拍响哪个门,但我模糊地意识到,这本书对我以后有用,也因此我没有像上一个抛弃它的人那样再一次将它扔开。

从此,这本书便进了我——一个士兵的白布包袱,伴随着我在几个军营里走动。没事时我常常拿它出来翻,我读懂的东西在逐渐增多,我从中明白了西方艺术发展史的脉络,懂得了艺术的本质及其产生过程,知道了怎样去欣赏意大利文艺复兴时期的绘画和希腊的雕塑。

真正读懂《艺术哲学》是在我从事文学创作之后。丹纳的"文学作品的力量与寿命就是精神地层的力量与寿命","一部书的精彩的程度取决于它所表现的特征的重要程度,就是说取决于那个特征的稳固的程度与接近本质的程度"的思想,让我懂得了不能为了俗利去写那些实用主义的文字,而应该去潜心研究我们民族、时代、环境的本质特征并努力去加以表现。他指出的"有些作家,在一二十部第二流的作品中留下一部第一流的作品"的现象,让我对粗制滥造提高了警惕。他关于"艺术家必须使人物的遭遇与性格配合","所谓线索或情节,正是指一连串的事故和某一类的遭遇,特意安排来暴露性格、搅动心灵,使原来为单调的习惯所掩盖的深藏的本能、素来不知道的机能,一齐浮到面上"的论述,对我的小说创作起着直接的指导作用。他关于"一部书不过是一连串的句子","但句子可以有各种形式,因此可有各种效果","一句句子是许多力量汇合起来的一个总体,诉之于读者的逻辑的本能,音乐的感受,原有的记忆,幻想的活动;句子从神经、感官、习惯各方面激动整个的人"的看法,让我时时去注意提高自己驾驭句子的能力。

由于获益日渐增多,我对这本书和它的作者充满了感激之情。1986 年冬天,我在成都参加《昆仑》杂志的一个笔会,适逢人民文学出版社新版的《艺术哲学》一书上市,我见到后又买了一本珍藏。

从我第一次见到《艺术哲学》到今天,已经二十多年过去了,如今再读此书,自然可以看出它的缺陷和缺点,但我每读一遍,仍然会有新的收获。

我会把我挚爱的《艺术哲学》永远珍藏下去。

关于《墙上的斑点》

　　《墙上的斑点》是英国女小说家弗吉尼亚·伍尔夫（1882—1941）的短篇小说代表作。这是一篇纯正的意识流作品。该作品于1919年发表后，几十年来以它独特的艺术风格吸引了许多国家和民族的读者。我也是由这篇作品才懂得了意识流小说的写法。

　　小说中作者抬头看见的墙上的那个斑点——蜗牛，并没有什么意义，它只是作者写人物意识活动的一个借助点。作者在文中真正用心的是在追逐人物的意识活动，在捕捉幻影，在表现人的意识深处的奇异景观。我之所以喜欢这篇小说，就是因为作者领我绕过那个斑点，窥见了人们意识飘动的神妙情状。

　　我们一般人都有过这种体验：我们的意识常把我们从眼前的一个物件上飞快地带走，跳跃着把我们带到我们过后想起来甚觉离奇的地方。我曾有过这样一段记忆：十六岁那年春天，站在麦田里锄地的我,看着手中铁锄的木把突然想起了这木把的来历。它可能来自一片树林里的一棵大树,那树上栖居着一条大蛇,砍伐者和大蛇展开了搏斗,蛇与人正斗时刚好有一个城里来的打猎的官人从一旁经过,那官人举枪打死了蛇把砍伐者救回了城里。那官人刚好有一个漂亮的女儿,那姑娘和那砍伐者很快相爱。于是姑娘带上他去看电影,电影院里人山人海且起了大火,一条龙从火焰上飘摇而过……这一系列幻想都在极短的时间里完成,最初看到的东西与最后想到的东西风马牛不相及。人的意识这种奇妙的流动曾让我惊讶不已,但我不知道该怎样去表现它。弗吉尼亚·伍尔夫的《墙上的斑点》完成了这个任务,她把我们每个人都体验过的东西固定在了纸上,从而让我们对自我、对人类精神世界的认识前进了一步。

弗吉尼亚·伍尔夫作为小说家和小说理论家,是个不倦的探索者和革新者,表现了充满活力的文学力量。在她看来,"任何方式,任何实验,甚至最想入非非的实验,也不应禁止"。《墙上的斑点》就是她进行小说创作实验的一个重要成果。这篇小说教给我们的不仅仅是意识流小说应该怎样写,重要的是告诉我们在小说创作中要有探索和革新的勇气。小说自诞生到今天,模样一直在变。今天的小说与过去的小说已有很大不同,未来的小说与今天的小说相比,肯定还有新的变化。我们该从《墙上的斑点》里汲取一点创新的勇气,为未来小说的发展做出自己的贡献。

奇妙的《发条橙》

刚翻开安东尼·伯吉斯的《发条橙》时，我感到了恶心。书中那种对青少年在街头作恶的赤裸裸的可怕的描写，让我的胃开始翻腾，一种想呕的感觉控制了我。我还从来没有读过如此直白地写"恶"的小说。不过，随着目光在书页上的不断下移，那种恶心的感觉在不断减轻，到我读完全书的时候，不仅不再想呕，胸腹里还有一种奇妙的舒畅感，就像刚吃了一种可口的美味。当我仰靠在沙发上回忆书中的内容时，我不得不在心中承认，安东尼·伯吉斯的确是小说界的一个高人，他的《发条橙》是一本有着奇妙魅力的作品。

把男孩的青春期躁动夸大到极致，把人生这一阶段可能发生的破坏图景一览无余地展现在人们面前，是《发条橙》的奇妙魅力之一。《发条橙》是一部着眼社会问题的幻想小说，因为是幻想小说，在写法上就更少受约束，作者充分利用了这一点，把男孩青春期躁动的极致状态捧到了我们面前:殴打老人,强奸妇女,入室杀人,拦路抢劫,吸食毒品,诱奸幼女,欺骗父母,互相残害……读者在心理遭受刺激引起恶心恐惧的同时,对人生这一阶段的认识也自然会深入几分,同时,新的阅读期待也随之产生:社会将怎样对待这一批就要成人的满身"恶"的少年?

对后现代社会图景进行想象性描述,把后现代社会的可能发展方向呈现出来,是《发条橙》的又一魅力所在。后现代社会对我们这些正向现代化社会迈进的中国读者来说还很陌生,它究竟是一个什么样子,会向哪个方向发展,我们很多人还说不清楚。安东尼·伯吉斯在小说中对后现代社会的发展作了想象性的描述:人类已经在"月宫"上建立了定居点;地球上的环球电视转播已经形成了电视文化;政府可以用生物技术来改造罪犯;人们已经不大看报,书本要撕掉;社会要通过招募小流氓当警察来对付小流氓的犯罪;依赖社会施舍的老人会成为恶势力的帮凶;除了小孩、孕妇、病人,人人都得出去上班;所有监狱必须腾出来关押政治犯;反对党还存在,并举行选举,但当政者总是连选连任……这一幅幅想象的图景让我们对未来充满了忧虑和疑惧,这份忧虑和疑惧又迫使我们想不歇气地把书读下去。

在对男孩寻常成长过程的描述中糅进深刻的哲学思考,把技术社会与人的意志自由的对立表现出来,是《发条橙》的最大魅力所在。这本书表面上讲的是一个生活在未来某时代的英国社会,酷爱贝多芬的少年由十五岁到十九岁的成长经历,讲他怎样残暴嗜血、无恶不作,因此进入监狱;在监狱中经过生物技术洗脑,对暴力产生了条件反射,哪怕想到暴力也会引起痛苦不堪的生理反应,已无从作恶;被放回社会后,只能任人欺负,觉得生不如死,遂跳楼自杀;随着政治风向的转变,自杀未遂的他又被通过生物技术消除了条件反射,恢复了意志自由,他于是又开始了胡作非为;直到有一天他厌恶了暴力,渴望娶妻生子,过平静的生活。但在这个故事背后,作者要思考的却是在技术社会里人怎样保持意志自由的问题。随着科学技术的迅猛发展,社会生活的各个方面都越来越依赖技术,这种依赖的结果,会不会对人的意志自由造成妨害? 这是作者通过他所讲述的故事想要提醒我们的问题。一个人如果失去了选择生活道路的自由,成为技术社会制造的受机械规律支配、身不由己行动的发条人,那人的生存还有没有意义?这种关于人的发展和生存意义的思考,必然会以它的哲学思辨魅力吸引住读者。

音乐在小说中的频繁出现,把音乐作为一种原罪的隐喻,是这部小说又一个具有魅力的地方。小说中的主人公听音乐能听出一种胜过"合成丸上帝"——毒品——的痛快,伴随着美好的音乐,他面前出现的是:男男女女,老老少少躺在地上尖叫着乞求开恩,而我开怀大笑,提靴踩踏他们的面孔。还有脱光的姑娘,尖叫着贴墙而站,我的肉棒猛烈冲刺着。当音乐升到最高大塔塔顶的时候,我双目紧闭,切切实实地爆发喷射了……把音乐作为恶行的诱发剂,我在文学作品中还没有读到过。音乐一向被我们视为美好的东西,在安东尼·伯吉斯这儿却成了一种原罪的隐喻,这种奇特的构思的确令人惊奇。

好的奇妙的小说里总是有别人没写过的东西,有别人没用过的技巧,有让人惊奇的地方,《发条橙》做到了这些,我因此而喜欢它。

骨架美了也诱人

我对美国作家迈克尔·坎宁安的作品也很陌生,《丽影萍踪》是我读到的他的第一部小说。但仅凭这一部小说他就赢得了我的尊敬——他为自己的小说搭建了一个精美无比的骨架。

所有写小说的人都受过同一种折磨:怎样用别人从没用过的崭新的结构方式,把自己要写的故事展现在读者眼前? 在小说不断发展,无数个精明的脑袋在从事小说创作的今天,一个作家要寻找到一个前辈和同辈作家没用过的全新的结构法子谈何容易? 不是有许多人都在那里重复,不是重复外国作家的就是重复中国作家的吗?

可迈克尔·坎宁安在写《丽影萍踪》时找到了。

《丽影萍踪》设计了三个人物。三人中的一个是生活中真有其人的英国著名女作家弗吉尼亚·伍尔夫,另一个是这位女作家正在构思的一部新作品中的女主人公克拉丽莎,再一个是女作家作品出版后的一个怀了孕的女读者劳拉。三个人的身份各不相同却又有着紧密的联系，有了作家才有了她的作品中的人物，作品中的人物写成功了才获得了读者。她们三个人一真两虚，像一号、二号、三号三根柱子，排列成了三角形，一下子把迈克尔·坎宁安创造的那个艺术世界支撑了起来。

《丽影萍踪》让书中的三个女人活动在同一天里却没让她们活动在同一个年代里。三个平行叙述的故事都是一天的故事，可弗吉尼亚·伍尔夫的故事发生在 1923 年，她所写的小说中的人物克拉丽莎的故事发生在 20 世纪末，读者劳拉的故事发生在 1949 年。一个 1923 年的故事，一个 20 世纪末的故事，一个 1949 年的故事，虽然都是在一天之内发生，可中间都相差几十年时间，这三个一天的故事往一起一摆，不用再多说别的，无数的意味便都出来了。1923 年一个女人的生活境况和 1949 年另一个女人的生活境况肯定有许多不同，一个 1923 年的女人想象出的 20 世纪末的女人生活境况，同样能引起人们的兴趣。这三个年头像三根横梁架在了原有的三根柱子上，使全书的支撑结构变得稳固起来。

《丽影萍踪》还让书中的故事发生在两个国家的三个城市里。虚构的克拉丽莎的故事发生在纽约，弗吉尼亚·伍尔夫的故事发生在伦敦郊外，读者劳拉的故事发生在洛杉矶。三个地方各有各的特点，伦敦郊外安静美丽，纽约这个城市有着永无止境的生命活力,洛杉矶喧闹浮躁。三个地方对三个不同的女性的内心发生着不同的影响。1923 年的伦敦发生了博纳·劳首相辞职,斯坦利·鲍德温继任的大事;这一年,英国通过法律允许妻子因丈夫通奸而与之离婚;这一年,英国的约克公爵迎娶了伊丽莎白·鲍斯·里昂小姐;这一年,英国议会有了八名女议员;这一年,英、美之间开播了无线电广播。这些大事混合在一起所造成的那种社会波动都会对人的生活和心理产生影响。同样的,1949 年的洛杉矶和 20 世纪末的纽约也会有影响人的生活和心理的事情发生。这种把三个主人公安排在三个地方的做法增加了对读者的吸引力,人们预先就有一种观看不同遭遇的期待,自然增加了阅读的兴趣。这就像在原有的横梁上又架起了檩条和椽子,使全书的支撑结构变得越加细密起来。

有了这样三层骨架支撑,《丽影萍踪》外形变得好看诱人了。我想,凡是拿到这本小说的人,只要翻看一下它的骨架,就会有了阅读它的兴趣。

迈克尔·坎宁安是一个聪明的设计者,他仅凭这一本书就使人们看出,他是一个有着强烈创新精神的作家。他的这次成功也告诉我们,小说的好结构远没有被人全部发现,无数个精妙的结构方式仍藏在密林里等着我们后来者去寻找。如果我们没有找到,只能怪我们自己无能,而不能抱怨世界上已没有了这种资源。

我们应该向密林的更深处走。

人生尽头的盘点

　　几年前读美国畅销小说《廊桥遗梦》时,很为作家罗伯特·詹姆斯·沃勒虚构的那个浪漫爱情故事感动。故事中的罗伯特·金凯和弗朗西丝卡·约翰逊这对中年男女的形象,与那座有百年历史的廊桥一起,留在了我的记忆里。随着时间的推移,他们和他们的故事都渐渐离我远去,就在我将要把他们完全忘却时,忽然有一天一位朋友给我寄来了一沓书稿,说是沃勒又写出了《廊桥遗梦》的续篇《梦系廊桥》,罗伯特·金凯又开着他的装了摄影器材的卡车,由西雅图向衣阿华州麦迪逊县的廊桥开去,要重去看望给过他四天美好爱情生活的弗朗西丝卡·约翰逊了。我顿时精神一振,急忙拿起书稿看了起来。

　　我阅读时是带了两个担心的。其一,为罗伯特·金凯和弗朗西丝卡·约翰逊担心。两个人在相隔多年之后再见面还能不能找到当年的感觉?要是破坏了当初对对方的美好印象岂不糟糕?

其二,是为作家沃勒担心。谁都知道为出了名的作品写续篇是一种愚蠢的行为,不管是别人或是作者自己。沃勒会不会因这续篇坏了自己的名声?

读完《梦系廊桥》的优美译文之后,我的两个担心都已消失了。

罗伯特·金凯和弗朗西丝卡·约翰逊直到书的结尾都还保存着当年留给对方的印象。在弗朗西丝卡的眼里,罗伯特仍是十六年前的那个像豹子一样的男人,浑身都流露着一种强悍和不屈不挠的精神;在罗伯特的眼里,弗朗西丝卡还是那个倚在衣阿华牧场篱笆桩上,穿着一条合体的旧牛仔裤和白色 T 恤衫,在暖色的晨曦里朝他微笑的让他热血奔涌的美丽女人。之所以会有这种结果,是因为他们两人在这本书里最终没有见面。罗伯特虽然开着那辆名叫哈里的卡车,千里迢迢地去了他魂牵梦萦的廊桥,可他并没去见他日思夜想的弗朗西丝卡,他担心打扰她和她家人的生活,也担心会出现尴尬的结果。这是他的聪明选择。他和弗朗西丝卡就差十几分钟的时间没能在廊桥桥头再见一面。这当然让人感到遗憾,可就是这种遗憾使小说留下了想象空间,也充满了魅力,这种带了伤感的不能遂人心愿的爱情更能抓紧人们的心。

这本书也没有坏了作家沃勒的名声。沃勒虽然写的是《廊桥遗梦》的续集,但他的主要用心已不是去续写罗伯特和弗朗西丝卡的爱情故事,不是把一对中年男女的爱情故事再置换成一对老年男女的爱情故事,他的主要用意已经变了,他是想写一个即将走到生命尽头的男人盘点人生收获的情景。罗伯特·金凯一生都在迷恋摄影,在这个领域里,他是一个成功者,虽然他没有获得多少金钱的回报,但他获了多项奖励,他出了名,有了成果。不过这些都没有使他有一种满足感和快慰感,使他感到真正满足和快慰的,是他和那个名叫弗朗西丝卡·约翰逊的女人的爱情,那四天的爱情生活让他觉得他此生没有白活,可以让他刻骨铭心一辈子,并带着对它的记忆走向生命的尽头。就在他去那场爱情的发生地——廊桥重温旧梦时,另一个和他有关的故事也开始展开,那也是一场有关爱的故事——他早年和一个名叫维妮·麦克米伦的姑娘的短暂爱情使他有了一个儿子,那位他不认识的儿子如今正在找他。儿子最终找到了他,他也充满内疚地和儿子相认了。这样,六十八岁的罗伯特·金凯发现,他奋斗一生所得的最令他感到安慰和快慰的回报,其实就是两项,一个是与弗朗西丝卡的爱情,一个是与儿子卡莱尔的父子之爱。爱,是他一生的最大获得。

畅销书作家沃勒虽然写的是常见的故事,触及的却是一个深刻的命题:人在生命的尽头将会怎样盘点自己的收获?人在死亡将至时会怎样去衡量自己的所有获得?每个人对自己生命终结的时间并不知道,这是上天为了保持人们对他的敬畏而定下的无可更改的规矩,但和罗伯特·金凯一样,绝大多数人是可以凭直觉大致知道最后的终点离自己还有多远的。一到这种时候,人就要自觉不自觉地去回首自己的人生之路,去盘点自己的人生收获,去做一些一般人很难理解的事情。当罗伯特·金凯开着他的卡车不远千里地向廊桥奔去时,肯定会有一些年轻人觉得那是胡闹,既然不和那女人相见、不和她做爱还跑去干什么?! 罗伯特·金凯就是要用他的举动告诉人们,人在生命的最后阶段衡量事物的标准会发生变化,人只有到这时才会明白,人生最重要的收获不是事业的成功、不是金钱、不是权力、不是名声,而是爱。

在你生命力还旺盛的时候,一定要学会去爱!

当你得到了爱的时候,一定要珍惜别再把它丢开!

我们都不得不从这个世界上消失,可千万不能一无所爱、半点爱也未得地两手空空地离开这个世界!

我仿佛听见罗伯特·金凯在对我这样说。

"人世"定义

　　中国女作家萧红,曾用她的作品把人世定义为"生死场"。仔细一想,这定义十分准确,人世不就是一个生生死死的场所嘛。你来我去,每个人几十年光景,对那些特别的人,上帝也就恩准他们活到一百来岁。每个人最后把白骨一留,便无影无踪了。

　　美国作家冯内古特根据他的人生体验,通过他的长篇小说《五号屠场》(译林出版社,1998年版)把人世定义为"屠场"。我觉得这也十分准确,我们回首历史,会发现没有一年人类不在打仗。不是你打我,就是我打你;不是在这儿打,就是在那儿打;不是你杀我的人,就是我杀你的人。这不像屠场像什么?

　　1998年7月20日,美国《纽约时报》公布了他们选择的20世纪最好的一百部英语小说,《五号屠场》名列第十八位。这似乎说明,冯内古特对人世的看法得到了不少人的认同。

　　《五号屠场》写的是第二次世界大战期间发生在德累斯顿一

家屠宰场里的故事。被德国俘去的一些美国军人就关押在这个屠宰场里。战俘们使用的蜡烛和肥皂是用人体的脂肪制成的,杀人在这里和屠宰猪、牛、羊一样轻而易举。书中人物之一毕利在这儿看到过许多被热水烫过的尸体。但作者在谴责德国法西斯残暴的同时,还重写了美军对德累斯顿的大轰炸,这次轰炸造成了十三点五万人的死亡。这次轰炸按官方的说法是为了瘫痪纳粹德国的抵抗能力,是早日结束战争的正义之举,可在作者的眼里,同样是一场野蛮行为,是再一次把德累斯顿变成了屠宰场地。作者这样描写德累斯顿被炸时和被炸后的情景:德累斯顿成了一朵巨大的火花了,一切有机物,一切能燃烧的东西都被火吞没了;德累斯顿这时仿佛是一个月亮,除了矿物质外空空如也,石头滚烫,周围的人全见上帝去了。在 20 世纪 50 年代那些描写第二次世界大战的美国小说里,美军的行为包括这场战争都是被肯定的,可在冯内古特笔下,这一切则成了嘲笑和质疑的对象。作者在书中公开说:在任何情况下不能参加大屠杀,听到屠杀敌人不应当感到得意和高兴。他比他的前辈作家前进了一步,这一步很重要,这一步为把我们人世变成乐园而不是屠场奠定了一点新的基础。

我喜欢读《五号屠场》的另一个原因,是它的叙述方法新颖独特。在这本书里,作者发明了一颗 541 号大众星,书中的人物被一架飞碟绑架到 541 号大众星上,从而获得了观看人类世界的新的视角。从这里可以看见地球上的人类在进行愚蠢的杀戮,作者也借这里的生物之口,对人类进行了无情的嘲弄。有趣的是,这个被绑架到541号大众星上的人物毕利,可以看见不同的时间,可以见到他感兴趣的任何时间。在541号大众星上的生物看来,过去、现在、将来——所有的时间一直存在,而且永远存在。接受了这种观点的毕利,挣脱了时间的羁绊,他就寝的时候是个衰老的鳏夫,醒来时却正举行婚礼。他从1955年的门进去,却从另一个1941年的门出来。他再从这个门回去,却发现自己在1963年。正因为小说中的人物有了这种本领,所以小说的叙述便获得了极大的方便,可以随意转进到不同的时空,人物老年、幼年、新婚、少年、病中、中年的故事随意穿插,使我们读起来觉得妙趣横生,快感无穷。

《五号屠场》中有一句话:"就这么回事。"使用达几十次之多。这句话是书中人物毕利从541号大众星上学来的,每读到一次,我都忍不住要苦笑一次。

——纽约州埃廉市的理发师在狩猎逐鹿时被一位朋友开枪打死啦。就这么回事。

——炮兵队的人除韦锐外全部报销。就这么回事。

——一具具死尸啦,他们的脚板又青又白。就这么回事。

——他现在已经死了。就这么回事。

从我随便在书中找出的这几句话里,我们已经能够感受出

"就这么回事"这几个字的力量,能够体会出其中蕴含着的那份无奈、心酸、讥嘲、幽默。我想,仅仅因为冯内古特对这句话的使用,就应该把他划入黑色幽默流派。

今天的世界上,各种各样的屠杀仍然没有间断。以美国为首的"北约"对南斯拉夫持续许多天的轰炸,难道不是一种屠杀?在战乱不断的非洲,不是不断传来有成批人被杀的消息吗?"五号屠场"不存在了,"六号屠场""七号屠场""八号屠场"也不应该存在。我们应该记住作家冯内古特在他这本小说中的呼吁:使地球上的全体居民学会和平地生活。我们不应该再允许把地球变成屠场的行为发生。

作家和平民一样,无力也无权阻止一些屠杀事件的发生,但他可以呼吁,呼吁停止屠杀。如果连呼吁也不发出,那还要作家干啥?

奇妙的想象
——读汤姆·克兰西的《彩虹六号》

美国通俗军事题材作家汤姆·克兰西的想象力经常让我们称奇,他的小说所设计的故事一向精彩。他的反恐惊悚小说《彩虹六号》,依靠其想象力所设计的故事和人物,再次让我大开眼界并觉新鲜无比。

在这部小说里,有三处地方把汤姆·克兰西的奇妙想象力呈现了出来。

其一是,他想象出了一个可怕的剧烈致死病毒"湿婆"。书中,一帮想要拯救地球和大自然的狂人科学家,以"埃博拉"病毒为基础,进行了一系列的研究和人体实验,找到了一种可以迅速传染致人死命的病毒,被命名为"湿婆",并企图在悉尼奥运会的闭幕式上散布给来自五大洲的运动员,以加速全球传染来杀死地球上的绝大多数人。这个"湿婆"不是一般人的脑子所能想象出的,它需要对科学家们异常焦虑大自然被毁坏的状况有所了解,对病毒的研制和传播过程有所了解,对学者的精神变异情况有所了解。汤姆·克兰西作为一个作家,他的这种想象既让我惊疑也让我安心不少:毕竟有人在对科学疯子保持着警惕。在这个科学飞速发展的时代,并不是所有实验室的研究都有益于人类的生存和进步,我们在对科学家和科学研究保持敬畏的同时,还要保持一分警惕,对于所有反人性、反人道、反人伦的研究项目,必须给予取缔和打击。

其二是,他想象出了一个利欲熏心、但人性尚存的前俄罗斯特工波波夫。一个在情报部门缩编中遭退役处理的特工波波夫,是这部书中的关键人物。他在不知真相的情况下被美国那帮狂人科学家雇用,他们想利用他对恐怖组织的熟悉来最终实现他们毁灭人类的目的。起初,波波夫按照他们的要求去做事,他激活那些恐怖组织,让他们从事一场又一场恐怖活动,在这个过程中,将他的冷血、无情和贪婪表现得淋漓尽致,但当他发现他们的真实目的后,他在无比震惊的同时,又有了一份责任感,他最终和美国反恐部队合作,迅速挫败了这一阴谋。汤姆·克兰西能想象出波波夫这个人物并把他写得如此生动可信,没有对人性的深度洞悉和国际情报界运作情况的把握是不可能的。这个人物的成功足以证明汤姆·克兰西的想象力之强。

其三是,他想象出了一支多国联合反恐部队。在恐怖分子的流动范围日渐变大、恐怖活动常在不同国境发生的今天,国际上的反恐活动也确实需要合作。除了情报交换之外，能不能建立一支多国联合反恐部队，对国际恐怖活动给予快速反应处置，一直是人们议论的一个话题。汤姆·克兰西用他的想象力，已将这支部队建立了起来，而且用多次跨国跨境作战的成功，让我们看到了这种做法的可行。汤姆·克兰西不仅想象出了这支部队，还想象出了这支部队的训练方法、战术编成和战斗动作，他对反恐战斗行动细节的描写，尤其令人称道，那差不多可做反恐部队的教程了。

汤姆·克兰西奇妙的想象力，使这部书走进了无数对军队反恐行动有兴趣的读者心中。

人类喜欢和平，但从战争之河蹚过来的人类知道，和平必须靠军队的战斗行动来维护。也正因此，人类从来都没有放弃对军队的关注和对军事行动的兴趣，这就为军事题材的文学创作提供了前提。汤姆·克兰西明白这点，所以他让他的笔一直对准军事题材领域。

军事题材的通俗小说，在我们中国还很少。汤姆·克兰西用他的成功告诉我们，世界上有一个很大的读者群愿意阅读这类小说，这类小说在图书市场上拥有一个广大的空间。中国的作家不必都往纯文学一条路上挤，而应该根据自己的情况，为那些喜欢军事题材通俗小说的读者写作。

读《足茧千山》

　　我和克玉将军相识时间很长,对他的诗名更是早有耳闻。近日读到了他出版的新诗集《足茧千山》,得到了一种美好的艺术享受。

　　这部诗集里所收的诗作,有自由体诗,但主要是格律诗。在这里,我很想把我阅读时的一些感受和读者朋友们说说。

　　克玉将军这部诗集中的许多作品里,都充溢着一股军人的豪气。我们知道,气与韵对诗来说都是很重要的东西,好诗是需要有一股气来贯注的。这股气可以是豪气,可以是凛然之气,也可以是悲愤之气,还可以是怨艾之气等,如果一首诗里没有一股气来贯注,很可能读来就有一种散的感觉。克玉将军戎马一生,气质里原本就有豪气,他写诗时不知不觉间把它带了出来,使他的诗与别人相比有了不同的东西。他在《北戴河一日》这首诗中写到深夜的大海时,用了这样四句:白日搏击险风浪/夜阑涛声送豪强/欲驾轻舟游沧海/梦入雄心戏潮狂。作者写的是海,抒发的却是一腔壮士豪气。在《爱国名将丁汝昌殉国 150 周年纪念》这首诗中,作者写道:赫赫威名镇海疆/巍巍雄魂日月光/今有蛟龙续壮志/铁鲸神剑卫国防。诗句中流溢出的,仍是戍边卫国的一腔豪气。他还在《计梦》一诗中写道:一日织梦三千丈/七秩云锦怎计量。说的是梦,可一股豪气已从梦中冲天而起,给人一种昂扬向前的激励。

这部诗集里有一些怀古之作,作者借史言志,面对历史发出自己的慨叹,意境深远,我很喜欢。历史,从来都是诗人们感兴趣的取材之处。克玉将军或借史上一人,或借史上一事,或借史上一物,生发联想,写出了不少感人的诗篇。他在赤壁前想起三国时的周瑜,叹道:雄才英姿世无双/霸业未成失栋梁/气盛须防人施计/量小怎敌风雨狂。他在南京古城墙前想起朝代兴衰,写道:虎踞龙盘几废兴/风侵雨蚀谁留名/石墙沉默无片语/苍苔斑驳任人评。诗中那种对功业声名的超然态度,令人不由生出敬意。他在扬州大明寺,想起隋炀帝杨广被部将宇文化及缢死于江都宫一事,咏道:大明琼花次第开/雷塘荒草堪可哀/歌笑顿成断魂曲/夜半刀剑向谁猜。诗中蕴含的复杂情愫,让人不能不去长久思量和琢磨。他在秦皇岛,想起当年秦始皇求仙求药企求长生长荣的事,带着一点嘲讽写道:彩云铭霞说不老/海涛鼓琴唱永年/潮起潮落星斗移/唯有沧海不改颜。诗中对大自然的敬畏和对自然规律的阐发,让人读了不能不去深长思之。

　　在这部诗集里,也有不少篇章是作者对当下世事的发言,那是克玉将军对当下世事深刻思考后的思想结晶。这部分诗作有着很尖锐的锋芒,是会刺痛一些人的。读这类诗篇,我有一种痛快之感。诗,在审美悦情的同时,还应该有一定的战斗性。比如他在《读一个巨贪的悔罪书》那首诗中写道:蛀虫巨贪伎虽高/巧取豪夺法难逃/梦里日月花映酒/醒来面对断头刀。用诗句对那些贪污受贿之徒提出了严厉的警告。他那首《有感》:几曾踏破门/相见似路人/心闲气更清/笑谈权欲痕。对那些权欲熏心的人,给予了辛辣的嘲讽。再如他那首《寒鸦》:枯枝寒风噪孤鸦/犹梦乌云遮光华/忆昔受宠若惊日/哪管何处是归家。说的是乌鸦,讽刺的却是那些为了权力不要人格的人。在那首《读汪洋湖事迹二题》诗里,他写道:一诺九鼎重/废话鸿毛轻/空谈若能食/百业何须兴。对那些空谈误国的人表示了极大的轻蔑。中国历代的诗人都有关注时事、关注百姓疾苦忧国忧民的传统,克玉将军继承了这个传统,让人高兴。

　　这部诗集里另有一些诗篇,不触及重大问题,不负载沉重思考,只写一时的所见所闻,诗句空灵,读来特别轻松怡情,给人一种纯粹的美感。我对这部分作品也特别喜爱。像那首《闲坐》,只有四句:碧空净无尘/清风附耳吟/独坐解鸟语/心轻入九云。把一个人享受静坐之美的情状写得惟妙惟肖。还有那首《赠广东云峰兰苑》,赞的是一处休假胜地,作者却这样写道:风流妩媚细腰娘/碧玉凝肌琥珀光/素心不为浮华动/幽谷清溪吐馨香。为我们描绘出的分明是一位令人心动神摇的美女,使人读了不禁会心一笑。再有那首《千岛湖》:青山一湖水一湖/丽姿倩影举世无/舟绕千峰绿玉缀/浪击万顷云霞浮。诗句如水一样地荡在我们的心头,给人一种莫名的舒畅之感。

中国的格律诗发展到今天,已多少有一种危机感,读格律诗和写格律诗的人都在减少。曾经在中国诗歌发展史上占据重要地位的格律诗,就真的让其这样不声不响地逐渐消失?我想不应该,这一脉传统应该有人继承发展下去。克玉将军一直喜欢格律诗并在格律诗的园地里辛勤劳作,他的精神和收获都令人高兴。

将文字制成"集束炸弹"

——对王蒙文学语言的一种感受

一

　　王蒙的文学作品我只读过一部分,在我读过的这部分作品中,有一些篇目的语言很是特殊,其发散出的那种冲击力量,使我常常感到意外和惊骇。带着这种感觉,我去仔细分析他使用字词的方法,发现他在文字操作上,有时会将一堆文字巧妙地捆绑在一起,突然朝读者的眼睛掷去使其成为类似"集束炸弹"一样的东西。

　　王蒙捆绑文字的方法之一,是频繁使用不太规则的排比句,把排比句像驱赶成群的野马一样呼啸着赶到人们的眼前。比如在《来劲》这篇作品中,短短的一篇小说,竟八次使用排比句,其中有一次使用竟接连排了十一句:"便说这艺术充满了新意,是洋人扔掉的裹脚条,是秦汉以前的殉葬的俑,是哥斯达黎加咖啡里兑拿破仑白兰地与新疆烤羊肉串用的安息小茴香(即孜然)的东西方审美文明的新交融,是停留在20世纪40年代、50年代的老框框不能越,是连我都看不懂的鬼画符,是观众投票选出的最佳金猴、金鱼、金扇子,是挡住了去路的一丘之石,是史无前例的花团锦簇,是口子开得太大了现在堵也堵不住的阴沟,是新的斗鸡眼视角,是一次紧急磋商的大题目。"这样一段话读下来,各种各样的意象,各种各样的味道,各种各样的颜色一齐在读者的脸前出现,乱纷纷的俨然就像一颗"集束炸弹"轰然爆炸后成群的碎片向人飞过来。

另一种捆绑方法是,当他说一件事时,他就把和这件事可能有关甚至无关的文字,用幽默、反讽等方法,全聚拢在一起,弄成很大的一堆。他在《来劲》这篇小说中说到向明外出的事时,把他外出可能的缘由都写了出来:"出差、旅游、外调、采购、推销、探亲、参观、学习、取经、参加笔会、展销、领奖、避暑、冬休、横向联系、观摩、比赛、访旧、怀古、私访、逃避追捕"等等,几乎把一个人外出的缘由都穷尽了。他在《铃的闪》这篇小说里,说到主人公的写作雄心时,写道:"我写北京鸭在吊炉里Solo梦幻罗曼司。大三元的烤仔猪在赫尔辛基咏叹《我冰凉的小手》。社会主义现实主义与意识流无望的初恋没有领到房证悲伤地分手。万能博士论述人必须喝水所向披靡战胜论敌连任历届奥运会全运会裁判冠军一个短跑倒卖连脚尼龙丝裤个体户喝到姚文元的饺子汤。裁军协定规定把过期氢弹奖给独生子女。馒头能够致癌面包能够函授西班牙语打字。鸦片战争的主帅是霍东阁的相好。苏三起解时跳着迪斯科并在起解后就任服装模特儿。决堤后日本电视长篇连续剧'大明星罚扣一个月奖金'。"这样一大堆原本互不相干的文字,全被装在"写"这个大筐子里,而后呼隆一声全倾倒在你的眼前,你说你能不大吃一惊?

王蒙还有一种捆绑文字的方法,那就是用到一个词时,则把和这个词的意义相近或声音相近的词全拉过来,让它们排成一队,连续不间断地向读者的眼睛冲去。比如他的随笔中有这样的句子:"我是炸弹,我是利刃,我是毒药,我是狼,我是蛇,我是蝎子……""我是混蛋,我是白痴,我是毛毛虫,我是土鳖……"他的小说中还有这样的句子:"主人公叫向明,或者叫做项铭、响鸣、香茗、乡名、湘冥、祥命或者向明向铭向鸣向茗向名向冥向命……"把这些字词集中到一起排列成一队,让它们接连向读者的眼睛飞奔而去,怎能不给人造成冲击?

二

王蒙把这种用文字制成的"集束炸弹"置放在自己的作品里,便使其作品发生了三个改变。第一个改变是字词能量的改变。

一篇文章的阅读效果,是靠一个个字词发挥出的能量来支撑的。同样一个词,假定按照传统的使用方法它的能量是一的话,那么王蒙这种使用方法,其发挥出的能量就可能是二。他在《铃的闪》这篇小说里,有这样一句:"我学会了想接就接想不接就不接或者想接偏不接想不接却又接了电话。"这句话中的"接"字,因为是捆绑在一堆文字中的一个字,经过数次强调后,它的重量和能量与单独使用它时给人的感觉,分明是不同的。王蒙这类用文字制成的"集束炸弹",和几味中药配伍后使用有点近似,其效能当会比只用一味药更好一些。第二个改变是句子间节奏的改变。每个弄文的人都明白,文章的节奏是随作者调遣文字的手法而变化的。王蒙的有些小说读起来之所以让人有种喘不过气来的感觉,就是因为他使用了这种"集束炸弹",使句子之间的节奏无形中加快了,迫使你不能歇气地向下读。他在《杂色》这篇小说里有这样一段话:"那时候,每一阵风都给你以抚慰,每一滴水都给你以滋润,每一片云都给你以幻惑,每一座山都给你以力量。那时候,每一首歌曲都使你落泪,每一面红旗都使你沸腾,每一声军号都在召唤着你,每一个人你都觉得可亲,可爱……"这一段话因文字经过捆绑而使句子间的节奏明显加快,使人读起来不能歇气。第三个改变是文章气势的改变。文章的气势如果用流水来形容的话,可分四类,一类如潺潺溪流,叮叮咚咚,不慌不忙;一类如小河之水,无声无浪,缓急有致;另一类如大渠之水,有浪有波,浩浩荡荡;再一类如泛滥的江河之水,汹涌澎湃,漩涡相套,前拥后推。王蒙那些加了"集束炸弹"的作品,其气势就如泛滥的江河之水,呼啸而来,非想把你卷走不可。我们还以《来劲》这篇小说为例,这篇小说一般人阅读时都会明显感觉到一股迎面而来的气势,这种气势不是形象造成的,这篇小说几乎谈不上有人物形象,造成这股气势的显然就是经过捆绑的文字。

三

正因为有了字词能量、句子节奏、文章气势的上述改变,所以读者在读王蒙的这类作品时,所得到的东西就与读他的其他作品不太一样,除了思想启迪方面的收获之外,还有另外一些内容。就我自己的阅读经验来说,我首先会在精神上受到一种震撼。常常是读完他的一段话后,脑子里出现短暂的空白,有些发蒙,一时不知他说的是什么,需要重读一遍或两遍才能明白他的意思。这和军人在战场上遭到轰炸后最初一刻的反应的确有点相似。我记得第一次读他的小说《来劲》,读到"觉得一点也不落后不但有书法热而且有交响乐热而且有鹤翔桩而且有艺术体操狮子滚绣球花样游泳人仰马翻而且一个小女孩准备建立国际轰炸机公司。不但有现实主义有革命现代京剧而且有现代主义意象流飞飞派,飞飞飞是天桥练单杠的,凤飞飞是台湾著名歌星,而且吹吹打打

147

之中一匹一匹黑马种牛仔猪雄象被牵出台。觉得最好还是先修几个过得去的厕所免得随地吐痰随地便溺，随时又挤又推又撞打电话像骂娘坐公共汽车用过期票，喝啤酒一直喝到霍乱般地喷涌而呕，用一个肮脏的塑料杯子先交押金三角"这段话时，我脑子里先上来是轰轰作响，有一股乱纷纷、飘忽忽不知所以的感觉，不知道作者这是想说什么，直到又慢慢边琢磨边读了两遍，才算有些明白。

其次是心理上会产生一种惊奇:话原来还可以这样说？词原来还可以这样组？句子原来还可以这样造？当初读他在《坚硬的稀粥》一文里写的那段话:"现代化意味着工业的自动化、农业的集约化、科学的超前化，国防的综合化、思维的任意化、名词的难解化、艺术的变态化、争论的无边化、学者的清淡化、观念的莫名化和人的硬气功化即特异功能化。化海无涯，黄油为楫;乐土无路,面包成桥!"一笑之后心里确实惊奇，心想想到，像这样用"化"字的，除了王蒙，恐怕还没有别人。那一刻,自己真像刚在商场发现了新奇的电器一样惊奇。

接下来是兴奋,是受到了蛊惑一样的兴奋:好呀,他既然可以这样写,我也就可以那样写了,一种创新的欲望不知不觉间就生了出来。王蒙这种"集束炸弹式"的语言,不仅可以给我们带来震撼和崭新的审美享受,还可以激活我们的创造活力,这大约也是他在文学圈里长期拥有较多读者的一个原因。

四

王蒙之所以能写出这种"集束炸弹式"的语言,究其缘由,是因为他摆脱了两个控制:一个是传统文学语言审美观念的控制。我们的汉民族的文学语言,在其长期的发展过程中,在尊重语法规则的前提下,逐渐形成了自己的审美观念。比如讲究音韵美,读时要能朗朗上口;讲究意境美,要用文字营造出一种优美的意境;讲究均衡美,即使不是写诗,这一句与下一句,在长短和轻重上要有一种均衡感;讲究雅致美,在用字用词上尽量避开"脏字"和"粗鲁"的词,比如拉屎、撒尿,常要说成"解手""出恭""如厕"等;讲究婉转美,把事情曲折地说出来,比如把"你的父亲母亲"说成"令尊令堂",把"不要伤心哭泣"说成"节哀顺变"等。王蒙在把文字制成"集束炸弹"的过程中,不可能不对这些审美观念进行冲击和颠覆,在我们刚才所举的王蒙的那些句子中,我们有时看到的是直率和粗鲁,有时看到的是没轻没重,有时看到的是意境杂乱飘忽,但就是这种对传统审美观念的颠覆,给了我们全新的感受,从而创造出另一种新的美感。王蒙摆脱的另一个控制,是传统汉语修辞技法的控制。中国的汉民族语言,在长期的发展过程中,形成了相对固定的修辞技法,比如明喻、隐喻、借喻、讽喻、借代、比拟、转借、夸张、反语、摹绘等。王蒙对这些技法,在继承、使用的同时，还注意了发展。他在制作文字的"集束炸弹"时，很多词叠加使用，很多话不照常轨说，已经走出了传统修辞技法的框框，为修辞技法的创新做了探索。

王蒙在文学语言上的这种创新探索，给我们这些写作者的最大启发是：爱护汉字但不做汉字的奴隶，在汉字的使用上既要尊重传统用法又要能够创新。作家们是重要的经常使用书面语的人群，在汉语的发展上应该担负起责任。历代作家其实都对汉语的发展做出过贡献，不然，汉语不会有今天的样子。现在，王蒙在这方面再一次给我们做出了榜样。

枕畔五本书

我爱读的书里,有相当一部分是翻译过来的外邦人的著作。这之中,又有五本书为我特别看重,常把它们置于枕畔,闲时拿过来翻翻。这五本书是:

《人之上升》(【英】雅可布·布洛诺夫斯基著,四川人民出版社出版)。这是一本介绍人类文明发展历史的比较通俗易懂的著作。作者以宏大的气魄、敏捷的才思、深邃的目光、生动的联想和优美的笔调,把艺术的体验和科学的解释融为一体,引导读者进行穿越人类心路历程的美不胜收的精神漫游。读完全书,可以使我们了解不是天使的人怎样在向"天使"这个美好的目标接近;可以使我们明白,人在每一块陆地上不是发现,而是用双手创建了自己的家园;可以使我们清楚,人类在建筑、物理、化学、数学、光学、遗传学等科学领域走过了怎样漫长而曲折的道路;可以使我们知道,人类的生物进化和文化进化有着内在的联系。先祖们曾在古希腊神庙上镌刻着一句对我们后人的提醒："认识自我"。这本书对于我们"认识自我"有极大的帮助。

《经济学》(第12版)(【美】保罗·萨缪尔森、威廉·诺德豪斯合著,中国发展出版社出版)。该书是目前西方经济学的入门教科书,也是我们学习经济学特别是非经济学者了解经济学的一本有用的参考著作。本书的作者之一萨缪尔森,是获过诺贝尔经济学奖的经济学家。这本书目前在世界上已用数种文字发行了一百万册。该书的内容十分丰富,除了作为核心的经济理论之外,还包括财政学、会计学、经济统计、货币银行、公司财政、经济周期、国际贸易与金融等科目,可谓一部小型的西方经济学百科全书。读完全书,可使我们概略地洞悉现代西方经济学的面貌,系统地了解西方世界某些主要方面的经济情况。这本书语言比较通俗,数学公式也较简单,便于我们读懂。迄今为止,经济问题,为生存而进行斗争,一直是人类面临的最基本的问题。我们读完这本书大致可以明白:人类不会很快地迈进富裕之门,人类也不会永远贫困。

《苏格拉底的最后日子——柏拉图对话集》(上海三联书店出版)。苏格拉底是古希腊先哲之一,他善辩而不为人师,创新而不立文字,生得平凡,死得从容。这本书所收的四篇对话,为柏拉图所作,记述了苏格拉底之死这一历史事件,并在一定程度上展现了苏格拉底的生平、夙愿和思想的精华。读完全书,会有助于我们了解那场悲剧:伟大的思想家苏格拉底死于他的同胞——伟大的雅典公民之手;雅典人用自己的双手扼死了一个值得他们引为骄傲的思想巨子。苏格拉底死去的日子已经不少,但他的死给后人留下了永久的话题。伟大的思想家被伟大的人民处死这样一个悲剧仍然值得我们今天活着的人深思。避免类似的悲剧发生是我们今人思考这一事件的目的。我读完这本书后,除了扼腕叹息之外,便是默望遥远的天际。

《鼠疫》(【法】阿尔贝·加缪著,漓江出版社出版)。这是一部长篇小说,作者从构思到成书,历时八年。加缪在这部小说里创造了一个人抵抗恶的神话。鼠疫在书中已不仅仅是一种传染病了,它成为一种象征,而且是多层面的象征,举凡纳粹、战争、人生的苦难、死亡等,都可以在这巨大的象征中占一层面。加缪还特别注意在书中让象征在现实中扎根,书中充满了现实世界的无数准确逼真的细节,读来给人一种很强的感染力。书中的人物真实但不求细腻,鲜明但不求独特,生动但不求丰满,一种深刻的历史感和强烈的现实感使这些人物让我们读者认同。读完全书,除了获得一种阅读的快感之外,我们会对人类将最终战胜一切恶的东西从而走向美好的明天生出一种信心。

《川端康成散文选》(百花文艺出版社出版)。川端康成的散文像他的小说一样,给日本文学和世界文学增添了光彩。他的散文在风格上也很像他的小说,表现出清淡而隽永、委婉而含蓄、质朴而真实的特色。书中收有他的一部分游记作品,这些游记布局无奇,结构平淡,却精细地描绘了日本大自然的美景,蕴含了作者复杂的感情,读来让人有一种对美的深深陶醉。书中另有一部分描写艺术家生活的篇章,川端康成写这些人物,一般是跳出人物形象的画框,浓缩人物的生平和性格特征,更多地放在品评所写人物的艺术创作和艺术思想上。读这部分作品,会引发我们对艺术的一些新发现和新思考。书中还有一部分作品,是川端康成对日本文学艺术传统美的议论。作者通过剖析日本古典物语名作及和歌、俳句,试图阐明日本文学的渊源和发展,探索日本人的艺术观和日本文学艺术的特征。读这部分作品,会有助于我们了解川端康成的人生观和文学观,会给我们进行文学创作的人提供一些借鉴。

我把上述五本书的内容做一简介的目的,并不是向别人推荐,只是为了说明我何以对它们喜欢。书海浩瀚无边,读书人要紧的是选择自己喜欢的书读。

右部　阅人

遥想文王演周易

　　小时候就知道《易经》，因为它是五经之首，是历代文人要求后人细读之书。很早就知道阳爻、阴爻和六十四卦，因为母亲在我少时动不动就要请人给我起卦。上中学时就记住了《易经》中的一些精彩句子，像"天行健，君子以自强不息"，像"天尊地卑，乾坤定矣"，像"诬善之人其辞游，失其守者其辞屈"等，说得多么简洁智慧。却一直不知道《易经》出自河南汤阴，不知道周文王就是在汤阴城北八里地的羑里城里发明了《易经》。

　　丙戌年五月，当我站在羑里城的门口，站在周文王的那座巨大雕像前，我才明白，对于我们中华民族的众多文化遗存，我其实是多么的孤陋寡闻。对不起，我来晚了！我对着文王姬昌那张饱经风霜的脸在心里道歉。

　　大约在公元前 11 世纪，殷商的最后一位王位继承者纣王帝辛，上台之后以很快的速度腐败着。其腐败的最明显标志，就是耽于淫乐和动辄杀戮,九侯把女子献于纣王,仅仅因为该女不喜淫欢,就被纣王杀害,纣王还把献女的九侯剁成肉酱。鄂侯对此强进忠言,也被纣王杀死并做成干肉。周文王姬昌闻知此事仅偷偷叹息了一声,也被崇侯虎告知纣王,结果,八十二岁的姬昌也被关在了羑里城这座国家监狱。纣王将姬昌投进监狱的本意,是要惩罚他,可纣王没有想到,他的这个残暴举动却催生了一部影响深远堪称伟大的经书。

八十二岁的姬昌被关进监狱,其内心的痛苦可想而知,他仅仅因为叹息了一声,就要遭此磨难,世道怎会变成了这样? 我猜,他最初入狱的那些天,可能会因气愤难息而在这所高出地面五米的台形监狱里不停地踱步。但最后,他使自己镇静了下来,他明白他必须接受眼下的现实,不管心中多么不满和气恨,他都暂时无法走出这座监狱。既然如此,那就找点事做吧,要不然,怎么度过漫长的白天和夜晚?

在监狱里能做成什么事? 有监规在限制着,有武士在监督着! 那就思考,没有谁能剥夺得了自己思考的权利。思考什么? 八十二岁的姬昌要思考的事情太多,可只有一个问题最紧迫,那就是思考自己的命运,他太想知道自己未来的命运了,太想预测自己还会碰到什么,预测等在自己前边的是什么事情。可怎样预测? 用何种办法预测? 也许就在这时,他想起了伏羲的八卦,想起了八卦中的乾、坤、震、巽、坎、离、艮、兑,他于是依此琢磨,开始了自己的发现和创造。

他从自然界选取了天、地、雷、风、水、火、山、泽八种自然物，作为万物生成的根源；他把世上千变万化纷纭复杂的事物，抽象为阴阳两个基本范畴；他把刚柔相对、变在其中，作为自己对世事和人生的基本看法；他将八卦演绎成六十四卦和三百八十四爻……正当他全心钻研这前所未有的预测学时，新的打击又来到了，纣王为了进一步污辱姬昌的人格，从精神上彻底把他压垮，竟把他的长子伯邑考杀害，并烹作肉羹强令姬昌喝下。姬昌胸怀灭商大志，为避免遭到"辟尸"残害，只得咽下这揪心裂肺的人肉汤，然后再去含泪呕吐。为了对付这残忍的摧残，姬昌能做的就是更深地沉入对易经的钻研之中，去总结古人的生活经验，去回想古代的历史故事，把它们作为自己卦辞和爻辞的内容……

整整七年时间。

在两千多个日夜里，文王就用监狱地上长的蓍草作为工具，把六十四卦和三百八十四爻演绎得清清楚楚。这需要怎样的毅力和忍耐力！他这样做的最初动机，可能只是为了预测自己的命运，为了短暂地忘记那难忍的污辱和锥心的苦痛，但他的研究成果却为预测学埋下了第一块基石，对中国"天人合一"的哲学思想做了最早的探索。他创立的易经演绎方法，也已被当代科学家借鉴于现代科研中。

苦难成就了一个伟人。

文王拘而演周易的经过,让我们再一次见识了人抵御苦难的能力,见识了人的创造力有时会被苦难激发的奇迹。周文王姬昌的遭遇和作为再一次告诉我们:世界上没有不可以承受的苦痛,人有着抵挡苦难的巨大潜力,当命运给了你意外的灾难后,你要坚信自己不会被压垮,你要迅速找到使自己重新站立起来的办法。

在羑里城这座远古的监狱里,你既可以看到人心的阴暗和人性的丑恶,也可以感受到人毅力的珍贵和人灵魂的高贵,还可以让自己的精神得到一次沐浴并获取到在逆境中前行的勇气。

揣度孔明

作为智者化身的诸葛亮在我的故乡南阳生活过一段不短的时间,但关于他这段生活的史料却很少留存下来。因此,说起他的这段生活来便只有依靠猜测和揣度。和他相隔一千七百多年的我辈愚生去对他进行揣度,要想准确是不可能的。好在孔明大人一向宽厚仁善,对我的冒犯和非礼之处,想必他会宽恕。

先生,你一开始并没想到要来南阳,你只是觉得居住在荆州和襄阳离政治旋涡太近——你非常清楚,一个羽毛未丰的人很容易被政治旋涡卷得无影无踪。所以你决定移步北行,去找一个隐居读书、等待羽毛丰满的地方。当你在马上远远地看到南阳城头时,你舒了一口气,你觉得住在南阳还比较合适:这里已经离开了旋涡但又离它不远,离旋涡太远的人也很难施展。

到达南阳后,你为居处的选择很是费了一番心思。那个时代的人都讲风水,你最后选中卧龙岗作为住处肯定也有风水上的考虑。这条南濒白河、北障紫山的土岗吸引你停下脚步,是因为它状若卧龙,这多少喻示了你当时的境况。你内心一直自认是一条"龙"——你数次对挚友说自己可以和管仲、乐毅相比——眼下这条龙还只是卧着未飞而已。住在这样一条状如卧龙的岗上,很合你当时的心境。此外,你自然知道当年著名的五羖大夫百里奚也曾在这条土岗的北头给人放过羊,百里奚正是由这条土岗为起点走向秦国大夫的高位的。你内心里断定这是一块可以成就人的祥瑞之地,所以你毅然离鞍下马,站在了这条岗脊上。

你请人帮忙在岗上搭了一间简陋的茅庐之后,就开始开荒种地。种地既不是你的特长也不是你的愿望,更不是你的人生目标,你只是把它作为磨砺自己意志的一种办法,当作对自己读书生活的一种调剂。种地是辛苦的,尤其是在这样一个荒草丛生、狐狸出没的地方。每当你在炎阳之下拎锄走向田畴时,你的眉头总免不了要皱上一下。你深切地感受到了农人生活的艰辛,也正是因为有了这些切身感触,后来当你有了率兵大权之后你才对你的士兵严格管束,规定行军时不准践踏农人的田地。在这段艰苦的躬耕岁月里,最让你高兴的是每年的收获季节。当你在小小的麦场上开始把饱硕的麦粒灌进粮袋时,当你在小菜园里摘下大如水桶的冬瓜时,当你在谷地里割下长如棒槌的谷穗时,你的眼角眉梢充满了笑意。

农闲季节,你总是在朝阳还未起身的时候就登上居所东南隅的土台子读书。你把那座土台自名为"澹宁读书台"。那时的书还是分量很重的竹简,你常常弯了腰抱着一抱竹简向澹宁台上登,偶然地一滑还会跌伤你的膝盖。小书童要来帮忙,你总是挥手让他回去忙点别的,你喜欢一个人不受任何干扰地坐在这儿读。坐在澹宁台上可以俯视白河,你每读完一卷书简总喜欢看着缓慢流淌的白水静思一阵。这种静思通常指向三个方向:书简上的话是否真有道理?怎样把书简上的东西用于治理社会的实际?自己读后对人生的规律、对社会的治理方式有无新的感悟?你就在这种静思中获得了真正的知识,为此后的《诸葛亮集》的写作做了最初的准备。你那时特别想找到一卷《孙子兵法》来读,你知道在这种诸侯纷争都想称雄的时代,不懂兵法的人很难有大的成就。可那时要在南阳城找到一部人人都知是宝的《孙子兵法》谈何容易?你差不多走遍了南阳城中的所有书铺、刻坊而终无一得。直到你结识了黄员外成为他的女婿之后,你这个愿望才得以实现。

卧龙岗虽然离南阳城区有七里之遥,但飘荡的晚风依然能把城内达官贵人们饮酒作乐、猜拳行令、笑语喧哗之声送入你的耳朵。人都有对繁华生活的一种向往,那随风而至的柔美歌声和弦乐,自然也把你的心撩拨得悠然而颤,使你时时涌起一种想去结交权贵过世俗繁华生活的冲动。但你咬牙把这种冲动抑制下去,你给自己定下了淡泊与宁静的律条。你知道，人一生应该有一段时间处于一种宁静的环境和心境之中，只有这样才能为实现人生的最终目标做好知识和意志上的准备。人只有通过"宁静"才能到达热闹之境，放弃眼下的小热闹是为了将来的大热闹。十几个世纪过去之后，当时南阳城中在华宴之上在歌舞场里作乐寻欢的达官贵人、富商巨贾一个个灰飞烟灭，唯有你还依然端坐在卧龙岗上让人争相去睹你的丰采。历史证明只有你想得最远。

你懂得宁静不等于封闭，如果只过种田、读书，读书、种田的刻板生活，不与外界尤其是知识界的精英们交往并发生思想碰撞，自己同样可能变成井底之蛙。因此，你利用一切机会广交知识界的朋友，和颍川石广元、徐庶，汝南孟公威等都有很深的友谊。你常把他们邀入你的草庐，让童儿端来两碟青菜，温上一壶黄酒，和他们边饮边聊，谈古论今。你谦虚地倾听着朋友们的高论，充实着自己的识见之库。你明白不向别人学习的人并不是真正的智者，你用青菜、黄酒和友谊，换来了通向成功的新基石。

你在南阳躬耕的那些日子正是你生命力最旺盛的黄金时刻，算起来也才二十多岁。一个二十多岁风华正茂的男人不想女人是不可能的。一些妙龄女子的倩影肯定吸引过你的视线。你在澹宁台读书时看到在白河岸边踏青的城中少女，你在田里荷锄劳作时见到地头走过的乡间姑娘，你的心里肯定起过莫名的骚动和波澜。男人渴望得到美女属人之常情，一些你见过的美女肯定也进入过你的梦境。你一定渴望和她们中的一个有更亲密的接触，甚至向往着和她一块儿步入洞房。但理智又告诉你，过于漂亮的女人往往会给丈夫惹来麻烦，会使丈夫不能专心致志地去做他爱做的事情；而且漂亮的女人因为有容貌上的仗恃往往不再用心学习知识，常常是才学平平。也因此，你开始用意志去掐灭自己心中对那些美女的思念，转而去寻找一个容貌一般却有才有识的女子做妻子。你最后把目光投到了居住在白河岸畔的黄员外家里，看上了黄员外的长女。黄小姐虽然又黑又瘦，脸上还有一些麻点，却饱读诗书，尤其喜读兵书，说起演兵布阵、治国方略尽管羞怯却是一套一套的。黄小姐的才具吸引了你，使得你三天两头往黄员外家跑，她在你的眼中变得魅力无穷。你郑重地向黄家求婚得到应允之后，高兴得在返回的路上打了一个跟头——这是你唯一的一次有失庄重的举动。你和黄小姐的婚事在当时被传为美谈，通常婚姻缔结的原则是"郎才女貌"，唯有你们的婚姻是"男智女才"。举行婚礼那天，花轿抬着新娘，绕着卧龙岗转了三圈，才在你躬耕的茅庐前停下。你的岳父家产万贯，给女儿的陪嫁却只有一个大板箱。你对岳父的吝啬多少有些生气，待进了洞房你揭了黄小姐的红盖头，黄小姐把板箱上的钥匙递给你后你才知道，板箱里装的全是你急需的书简：天文、地理、阴阳八卦，甚至还有《孙子兵法》。你当时高兴得随口吟道：躬耕卧龙岗，白水朝我来，不求颜如玉，单为书箱开。黄小姐听罢也羞怯地和了四句：志士爹爹爱,嫁女陪书来,钥匙交给你,造就管仲才。你在那个欢乐的新婚之夜,是一手抱着《孙子兵法》,一手挽着新娘走向那个漆成红色的婚床的。新婚的第二天,新娘就画了一张八卦阵图请你来破,你竟费了月余工夫才把那八卦阵破了。

数年的精读细研和对世事的静观透析,使你对如何安定四邦、治理天下有了独到的见解,对率兵布阵、攻防谋略也都了然于心。这时你迫切希望走下卧龙岗去施展自己的抱负,让社会知道自己的才华。但社会认识一个人并不容易,世事的发展很难就如人愿,下岗的机会迟迟未来。焦躁中的你常在岗坡上来回疾走,像一匹圈在厩中的马和一只关在笼中的鸟。上天总算有眼,让刘备来到了与宛城只有半天路程的新野县。刘备那时正急于招募人才,司马徽和徐庶在刘备面前举荐了你后,刘备便伙同关羽、张飞二人匆匆来到了卧龙岗。就在你的草庐里,你用"你的识见"让刘备笑容满面对你刮目相看并恳请你下岗出仕。你认为过于轻易的应允是一种自我贬低,就故意两次拒绝邀请,直到他们第三次来请时你才颔首应许。

你离开卧龙岗是在一个阳光灿烂的早晨。那天你早早起床,吃了夫人为你做的一碗黄酒荷包蛋外加一个包有绿豆、红枣、红薯的豆包馍,而后沿着你这些年开垦的田地走了一圈,这才回屋脱下布衣,换上了刘备派人送来的官服。簇新的官服把你打扮得威武、干练而气度不凡。刘备派来迎接的人马早已在草庐前站成

166

了两列,你在侍卫们的帮助下极潇洒地上了马车。当马车启动时你探头窗外一边挥手一边看了一眼你亲手建起来的小小草庐,你模糊地预感到此一去差不多就是和这草庐、和卧龙岗、和南阳城永别。再见了草庐,再见了卧龙岗,再见了南阳城!马车的速度越来越快,南阳城被越来越远地抛在了后边。你隔着马车上的布篷缝隙最后回望了一眼南阳城之后,便决然地扭转了头。你开始全心全意地去看前方,你看见了军师中郎将、军师将军、左将军府事、丞相、武公侯、益州牧等一长列官职在前边铺成了一条金光灿灿的路。

当然,那时你还不知道那条路的终点是汉中的定军山,你还不知道你的生命将在离南阳不太远的陕西画上句号⋯⋯

曹操的头颅

公元 2010 年 1 月 30 日,我见到了曹操头颅骨的照片。尽管只是照片,当我从河南文物考古研究所考古队潘伟斌队长手上接过时,我的手和心还是禁不住同时一颤:这就是曹操的头颅骨头? 是当年那个大名鼎鼎、纵横叱咤、不可一世的曹孟德的头颅? 我的目光在那白色的颅骨上久久停留。

想当年,除了曹操的女人,谁敢摸一下他的头颅? 名医华佗每用针灸治疗曹操的头痛病,总有多名卫士执刀持剑在一旁监视。在公元 2 世纪和 3 世纪相交的那些年里,这是北中国最重要最宝贵守护得也最严密的一颗头颅。没想到一千多年后,这颗头颅竟被抱在了一个普通考古学者潘伟斌的手中。据潘伟斌说,他当初下到位于河南安阳县西高穴村的曹操墓穴时,是在墓穴的前室发现曹操的颅骨的。他说他当时抱起这颅骨时颇感意外:怎会放在这儿?

这当然不正常。曹操的颅骨应该在墓穴正室的棺材里。

潘伟斌他们发现，曹操的墓曾被盗过两次，最近的一次是在公元 2008 年 9 月间，盗墓者的目的只在于盗走陪葬器物。而第一次被盗的时间大约是在南北朝时期，盗墓者似不为陪葬的器物而只为泄愤，就是他们把曹操的头颅从棺材中取出，抛在墓穴的前室，而且对面部进行了毁坏。这些盗墓者应该是曹操的仇人，想借毁尸以解心头之恨。谁是第一次潜进曹墓的人，如今已无从查证了。

曹操生前大概不会想到，他的头颅竟会得到这样的对待。

在这颗如今只剩骨头的头颅里，曾装过多少安定天下的希望、抱负和理想？这颗头颅，曾设计过多少战阵、战法和治国的方策和谋略？

公元 174 年，二十岁的曹操头颅里满是要做清流的决心，在任京都洛阳北部尉时，严明治安规矩，敢用五色大棒把公然违禁夜行的宦官蹇硕的叔父打死，让都城的人们看到还有不畏宦官权势的官员，人心为之一振。

公元 184 年，三十岁的曹操头颅里满是镇压黄巾军立下军功的热望，领兵斩杀了数万黄巾军人，因此被晋升为了济南相。

公元 195 年，刚过四十岁的曹操头颅里满是要破吕布的愿望，这年夏天终把吕布打败，被汉献帝任命为了兖州牧。

公元 204 年，五十岁的曹操头颅里满是攻克邺城的期望，这年8月,终把邺城拿到了手中,为魏国的建立打下了最初的基础。

公元214年,六十岁的曹操虽然位在诸侯王上,被授予了金玺、赤绂、远游冠,可他头颅里还满是平定天下的计划和雄心,仍要亲率大军南征孙权。

公元220年,六十六岁的魏王曹操走到了生命的终点,南征北战,东杀西伐,身经大小五十余次战役的他在洛阳一病不起,头颅里带着未能统一天下的遗憾去了另一个世界。

曹操的头颅里,除了装着治国安邦的人事,还装着一腔豪迈浪漫的诗情。他领兵杀伐三十余年,虽在军旅,却雅好诗书文籍,手不释卷。书则讲武策,夜则思经传,登高必赋,及造新诗,被之管弦,皆成乐章。他的《蒿里行》忧心着民众的疾苦:白骨露于野,千里无鸡鸣。生民百遗一,念之断人肠。他的《龟虽寿》抒发着自己的壮志豪情:老骥伏枥,志在千里;烈士暮年,壮心不已。他的《短歌行》对人生发出了苍凉的感叹:对酒当歌,人生几何?譬如朝露,去日苦多。慨当以慷,忧思难忘。何以解忧?唯有杜康。他的诗气派雄伟,慷慨悲凉,读之令人心动不已。身为男人,曹操的头颅里,除了装着军国大事和豪迈诗意,还装满了对女人的渴望和柔情。仅从可信的史书上知道,他先后有过丁夫人、卞夫人、尹夫人、刘夫人、杜夫人、秦夫人、王昭仪、李姬、孙姬、周姬、刘姬、赵姬等十几位女人,这些女人为他生过二十多个子女。据说铜雀台里住的都是他的姬妾。传说他还看上了关羽的一个女人,对才女蔡文姬也动过心。曹操虽经常铠甲在身,厮杀战阵,有铁血精神,但也感情细腻,对女人充满柔情。他的发妻丁夫人因养子曹昂的战死迁恨于他,开始对他冷漠,不再热情侍寝,他一怒之下将她赶回娘家,过些日子又起了思念,亲自骑马去请她回来。但丁夫人一身素装坐在家中的织布机前全心织布,连看也不看曹操一眼,随行的人都以为习惯指挥千军万马的曹操会发火,未料曹操只是抚摸着丁夫人的后背轻声问:跟我一起回去好吗?丁夫人充耳不闻,头也不抬,依旧坐在那儿只管织布。此后,曹操又多次派人来劝说她回去,甚至派人来强行把她接回,专门设宴赔礼,可丁夫人终未答应和好。面对丁夫人的决绝态度,曹操到最后也没有生气,只是充满愧疚地再把她送回娘家。

曹操的头颅,其实不是一个十分健康的头颅。据《三国志》记载,早在他起兵平定袁绍的时候,就经常头痛。平定袁绍,挟持汉献帝之后,他掌了实权,大概是内有国事之忧,外有叛乱之患的缘故,使他的头疾日趋严重。经常是先大叫一声,而后即双手抱头,觉得痛不可忍,只有在针灸之后,才又慢慢见轻。用今天的医学知识来解释,他大概得的是三叉神经痛,要不就是良性脑肿瘤。曹操一生都没能战胜这个头痛的顽疾,被其间断地折磨着,一直到他死去。装在曹操头颅里的雄才大略是在这个头痛病的伴随下逐渐实现的。

曹操的头颅,因其宝贵和重要,他的敌人便想用毒药和刀剑将其取走。他经历过几次谋害,好在他高度警惕且武艺高强,使这种图谋不论在平时还是在战时,都未能得逞。也是因此,他的不安全感很强,加上他的宦官家庭出身导致的一种深埋心底的自卑,使得他的人格状态不很协调,性格多疑,行为时时反常,经常猜疑别人且有时变得极为残忍。他信奉的"宁我负人,毋人负我",让我们常人很难理解。由于他异于常人的出身和经历、阅历及抱负,使得他的头颅里还装着许多令我们无法琢磨的东西。

不管曹操的头颅里还装有多少令我们无法理解和容忍的东西,面对他的头颅遗骨,我们都应该保持一份敬意,应该不再打扰他,让他永远安歇。毕竟他是一个统一过北中国的人,毕竟他是一个参加过大小数十次战役的军人,毕竟他是一个写过那么多好诗的文人。南北朝时和2008年那些潜进曹墓和盗过曹墓的人,实在应该受到谴责:怎么可以如此对待死者?谁能不死呢?在人死后动手亵渎他的遗骨,抢走他的陪葬品,惊动他的灵魂,这算什么本领?

你们就不怕上天的惩罚吗?

不知道被潘伟斌他们找到的曹操的头颅,最终会放到哪儿。是放进陵墓还是放进博物馆里?我很想提个建议:以后,任何人都别再掘墓了,包括那些合法进行考古的学者。让死者永远地安息吧,人活着时都很累,都很不容易,历经千痛万苦死了,你还忍心去惊扰他们?

看过曹操的颅骨照片,我暗暗为去世后只留下骨灰的当代人庆幸:你们再不用担心别人会动你们的遗骨了。后人再也无法抱着你的遗骨去评说什么了。即使你有仇人,也不用担心他们对失去自卫能力的你的遗体动手了。

人在处理自己的后事上,越来越聪明了!今天那些连骨灰也撒掉的人,看得更远,他们才会彻底地安息。

曹操的在天之灵看到他的颅骨照片被我等传看,会不会发怒?

宽恕我们吧,曹孟德先生。

想起范仲淹

在宋朝写词作文的人中,我常想起的,是范仲淹。

我之所以常想起他,最初是因为他那些写离愁别绪的词句特别能打动我的心:"浊酒一杯家万里,燕然未勒归无计""明月高楼休独倚,酒入愁肠,化作相思泪""愁肠已断无由醉。酒未到,先成泪"。客居异乡的我,每每读了这些词句总能引起心的共振。后来知道他曾在西部边陲守边四年,率兵御西夏,更对他产生了佩服之心,自己身为军人,当然知道戍边的那份辛苦和不易。再后来读史书知道他在朝中做官时,敢于上书直谏,力主改革施行于民有利的新政,更对他生了钦敬之心。再后来晓得了他的家事,知道他两岁丧父,母亲带着他改嫁,幼年生活十分贫苦,长大后发奋读书,昼夜苦学,终于凭自己的本领考中了进士,对他便越加敬服了。

令我常常想起他的另一个原因,是因为他在我的故乡邓州曾做过一任知州。他的任期虽短,可给邓州我们这些后人留下了不少值得记住的东西。

我的故乡邓州在做过一回邓国的都城,风光了一些年之后,长时期陷入了默默无闻的境地。直到1046年,范仲淹被贬降到邓州做知州时,邓州的名字才又渐渐响亮起来。

1046年的范仲淹,已是五十七八岁的老人了。而且就在前一年,他在宋仁宗支持下施行的"庆历新政"改革失败,他被罢参知政事职务,逐出京都。若是一般人,此时肯定是牢骚满腹,得过且过,喝喝闷酒,骂骂娘,抑或是像今天的一些做官的,找一个"小姐",沉在温柔乡里作罢,再不会去努力做什么了。但范仲淹不,他上任伊始,就四处察访民间疾苦,了解百姓之忧。之后,他就开始做两件事:一件是重农事,督促属下为百姓种粮提供方便,让人们把地种好,有粮食吃;一件是兴学育才,在城东南隅办花洲书院,为邓州长远的繁荣培育人才。

就是他办的这后一件事让邓州的名字在大宋国里又响亮起来。据传,他亲自踏勘书院地址,亲自审视书院的设计。据传,他从远处为书院请来讲学的老师,他还抽暇亲自为书院学生讲学。据传,他在书院倡导有讲有问有辩。花洲书院的名字随着范仲淹的名字开始向四处传扬,一时令远近州县的学子们激动起来,有人步行来书院观览盛景,有人骑马来求留院学习。据说,连北边有名的嵩山书院也派人来问传授学问之法了。

也就在 1046 年这一年，范仲淹的好友滕子京在湖南岳州主持修缮城池，当岳州城面向洞庭湖的西城门楼——岳阳楼修复工程告竣时，滕子京写信给范仲淹，并附"洞庭晚秋图"一幅，派人到邓州请范仲淹为重修后的岳阳楼作记。现在已不知道信使抵达邓州时的具体情景了，我猜想，那可能是一个黄昏，就在新修后的花洲书院里，范仲淹接过了信使呈上的老友来信，他边在夕阳里读信边想起了与滕子京在宋真宗大中祥符八年同时考中进士的那种欢欣之状，想起二人曾共同参与修复泰州海堰工程的情景，想起二人当年在润州共论天下事的豪情，想起在西北前线二人一同领兵抗击西夏侵略的往事，想起二人一同遭陷被贬的现状，一时百感交集，遂转身进屋，展纸提笔就写，于是，千百年来一直脍炙人口的散文杰作《岳阳楼记》，便诞生了。

不过是一个时辰的挥笔书写，却给多少代人带来了阅读的快感和深思。就在这篇不长的散文里，范仲淹记事、写景、言情、说理，把他"不以物喜，不以己悲。居庙堂之高，则忧其民，处江湖之远，则忧其君"的宽阔胸怀展示了出来，并给我们留下了忧国忧民的千古警句：先天下之忧而忧，后天下之乐而乐。从此，人们只要一说到这个警句，就会想起范仲淹，也跟着会想起《岳阳楼记》和它的诞生地——中原邓州。邓州这个地方因一篇文章而长久地留在了人们的记忆里。

人们直到今天还不断重提"先天下之忧而忧，后天下之乐而乐"这个警句,是因为天下仍有忧有乐,人们尤其是知识者和官场中人,面对忧乐时,取先乐后忧或取只乐不忧的,还大有人在。不是还有人在用公款胡吃海喝？不是还有人贪了国家钱财后潜逃国外游山玩水去享福了？不是还有人拿了老百姓的钱去满足赌兴一掷千金？任何事情的出现都不会是无缘无故的,包括一个警句的时兴。

范仲淹用他的文章给天下人也包括给邓州人送去了美的享受和千古警示,人们包括邓州人自然不会忘记他。前不久,邓州人千方百计筹款,重修了他当年修建的花洲书院,使书院再现了当年的盛景。如今,当你在书院的讲堂里、小院中、游廊内和荷池旁踱步时,你会不由得想起那个以天下为己任的被贬知州,会不由得猜测他在哪所房子里写下了《岳阳楼记》,会不由得去猜他来邓州上任时的那份复杂心绪。

范仲淹是在写完《岳阳楼记》的六年后去世的。我估计,在他挥笔书写《岳阳楼记》时,疾病可能已经缠上了他的身子,只是他浑然不觉,仍在为天下忧虑,为百姓和朝政忧思。1052年他在徐州与这个世界作别的那一刻,他应该是心神两宁的,因为不论是作为一个官人还是作为一个男人抑或是作为一个文人,他都做了他所能做的,都做得很好,他对他的时代问心无愧。也是因此,他值得我们后人尊敬。我身为一个军人一个文人一个男人,每一想到他就会觉得,他值得我效仿的地方真是很多。每一想到他,我

177

也常会问自己：范仲淹在近千年前做到的，你都能做到吗？

我还会经常想起你，老前辈！

走近佩雷斯

过去,当我无数次地从电视上看到以色列著名政治家西蒙·佩雷斯的身影时,没有想到有一天我还会坐到他身边,当面听他谈对中国文化以及战争与和平的看法。今年7月的一天,正在以色列访问的我和另外几位中国作家,被告知说西蒙·佩雷斯先生要见我们。我们当然高兴,当面和这位有"中东和平设计师"之称的以色列资深政治家交谈,机会实在难得。

那是一个后晌,斜过头顶的西亚的太阳,依然把灼热洒向特拉维夫市的大街小巷,我们一行四人在以色列外交部伊丽特女士的陪同下,兴致勃勃地来到了西蒙·佩雷斯先生的办公室。佩雷斯先生正在等候我们,他微笑着同我们一一握手。

落座之后,一边开始最初的寒暄,一边仔细打量这位曾担任过以色列外交部部长和总理的犹太人:他的头发几乎全白了,宽阔的额头上刻了两道很长的横纹,嘴角两边的皱纹也很深。我掐算了一下，1923年出生的他，今年已七十四岁，按照中国的标准，他已经是古稀老人了。他精神很好，一双犹太人特有的微陷的大眼里目光炯炯，胖瘦适中的面孔上没有威严，有的只是政治家的庄重和老年人才有的那份平和与蔼然。

他一开口就说：中国是一个伟大的国家，伟大的国家创造了伟大的文化，创造了孔孟之道；中国在经济领域里发生了巨大的变化，但仍旧保持了自己的文化传统；中国生产出了两种世界闻名的东西：丝绸和瓷器，当然不仅仅是这两样东西。他的话使我想起了他在为他的著作《新中东》一书中文版所写的序言中，引用的《孙子兵法》中的名言："见胜不过众人之所知，非善之善者也。战胜而天下曰善，非善之善者也。"佩雷斯的博学和对中国文化研究的热情，给我留下了深刻印象。

接下来他谈到了文学。他说他对中国文学非常感兴趣，"我是中国文学的爱好者，我很高兴中国文学作品有翻译成希伯来文的；在我担任外长和总理期间，我推动了两国文化的交流与合作，我接到过我们的大使送来的翻译成中文的小说和诗歌……"世界上的政治家很多，但喜爱文学的并不多，愿意在百忙中挤时间和异国作家交谈文学的政治家更少，佩雷斯竟做到了。我注意到他不算宽大的办公室里立着一长溜书柜，里面摆满了书。这是一个很爱读书的政治家，也正是因此，他才能凭借渊博的知识对世界局势做出正确的判断。我心里对他又生了一层敬意。

随后,交谈转到了战争与和平的问题上,这是我特别感兴趣的一个话题。我们对他在推进中东和平进程中所做的积极贡献表示了敬佩,他跟着语气凝重地说:我们要给后人、给我们的儿童带来和平,不应该给他们带来战争灾难。年轻一代应该在新的环境中生活得更好,那里没有仇恨,没有战争。当然,要做到这点不容易,还有许多工作需要我们去做,这也是一次长征……在谈到这些时,他面露坚定,但眼底似也闪过一股忧郁。我非常理解他的心情,在中东的和平之路上,每前进一步都不容易。就在我们来见他的路上,我们顺道去了拉宾广场,看了拉宾遇刺的现场。一个和平斗士已经倒在了自己同胞的枪口之下,那声枪响让人们更清楚地看见了实现和平的艰难。佩雷斯从一个坚持"武装保卫以色列"的人转变为"中东和平的设计师",来源于他对世界局势和中东现实的透彻分析。他在他的《新中东》一书中指出:世界发生了变化,变化的进程迫使我们用符合新的现实的态度去取代已经过时的概念。过去,在战争中处于危险的是军人,但导弹和大规模杀伤武器已使人口众多的居民区成为主要的攻击目标,仅有保卫国家安全的手段已不足以保障个人的安全。在这种情况下,战争已不再可取,因为战争只能激起新的连续不断的战争。适应这种变化的选择是实现和平——不是为了下一次战争进行准备的和平,也不是两国间局部的临时和平,而是能够面对未来挑战的持久的区域和平。中东的贫困和苦难是战争的根源,而战争又反过来加深了贫困和苦难。因此,和平是我们"不容选择的"选择……

谈话结束之后,佩雷斯在我们带去的《新中东》一书上签名,望着他面带笑容地俯身签名的侧影,我能感觉出他为自己的著作走进中国感到由衷的高兴。那里面倾注了他的心血也表达了他和无数犹太人、阿拉伯人渴望和平、安宁、富裕的心愿。

会见结束的时刻到了。在握别的那一刹那,我忽然想起我曾在电视上看到的1994年12月10日佩雷斯从挪威国王手中把诺贝尔和平奖奖章和证书接过之后,他走到了讲台边,以喜悦和深沉的语调说:各个国家过去总把世界分为朋友和敌人,情况已不再如此。现在的世界面对着共同的敌人——贫困、饥饿、宗教激进化、土地沙漠化、吸毒、核武器扩散和生态破坏等。这一切威胁着每一个国家,科学和信息则是每个国家潜在的朋友……

这是一个政治家的真知灼见。

站在全世界和全人类的立场上来考虑问题的政治家不多,西蒙·佩雷斯却是这不多的政治家中的一个。

再见了,佩雷斯,愿你的努力能早日给你的国家、人民和整个中东带来和平!

愿你的努力成为一种榜样!

当奔驰车载着我们驶离西蒙·佩雷斯那座不大的办公楼时,曾经响彻拉宾广场的《和平之歌》也在我的心中响起:

让太阳升起,让清晨充满光明,

最圣洁的祈祷也无法使我们复生。

生命之火被熄灭的人,

血肉之躯被埋入黄土的人,

悲痛的泪水无法将他唤醒,

也无法使他重获生命。

无论什么人,无论是胜利的欢乐,

还是光荣的赞歌,

都不能使他从黑暗的深渊中,

回到世上与我们重逢。

所以,请唱一首和平之歌吧,

不要小声地祈求神灵。

引吭高歌和平之歌,

这是我们最应当做的事情。

邮递员

第一次见到邮递员，是在我老家构林镇的邮电所门前。那时我有多大？记不太清了，大概是八九岁。我随父母去镇街上买东西，路过邮电所的时候，看到几个人骑着一色的自行车从邮电所院里鱼贯而出，每个人的自行车后座上，都驮着两个鼓鼓囊囊的大帆布袋。我问娘那些人是干什么的，娘答：送信的。我当时对这些人的职业并没有了解的兴趣，我的兴趣在于那些自行车，那些自行车可真是漂亮，我们家啥时候才能拥有一辆？看来，当个送信的也不错，可以骑这样好的自行车，长大之后，就干这个吧！

那是我对职业的最早向往。

那时，我还不知道命运其实已安排了我去过另一种生活：当兵。

真正和邮递员结缘是在当兵之后。

1970 年 12 月，十八岁的我当兵到了山东，在不通电话只能写信的当时，和家乡的联系就靠邮路和邮递员了。我记得我到部队的第二天，就匆匆给爹娘写了一封报告平安抵达的平信，后来得知，这封信到了老家所在的河南邓州构林公社的邮电所，是邮递员骑着自行车把信送到了冯营大队队部，然后由村里人捎给了爹娘。那，大概是我第一次麻烦邮递员。

　　此后，我的家信就都靠邮递员传递了。当我给家里寄钱和包裹的时候，邮递员便直接骑车到我家里，亲手将汇款单和包裹单交到我爹娘手上。

　　在我开始创作之后，和邮局及邮递员的联系就更多更紧密了。我的作品，都是经邮递员送到我投稿的各家报社、杂志社和出版社的，发表、出版的作品及获得的稿费，包括退稿，又都是经由邮递员送到单位的收发室，交到我手上的。身为游子和作家的我，邮局一直是我去得很频繁也感到很亲切的地方；而邮递员，则一直是我感到很亲近的人。

　　我和邮递员没有更多的接触，只是偶尔看到过他们忙碌的身影。在山东沂蒙山区的山间小道上，参加野外训练的我，碰见过身背邮包的邮递员，和他们擦肩而过时，瞥见他们的脸上满是汗水；在泉城济南的街巷里，逛街购物的我，遇见过骑着绿色自行车的邮递员，见识过他们娴熟的车技，看见他们不时单腿着地伸着手把报纸和信件塞进住户的信报箱里；在驶往渤海深处一个小岛的交通船上,去岛上调研的我,遇见过坐在甲板上怀里搂着邮包的邮递员,他一边抹去飘来的水珠,一边平静地望着前方的海水……这些偶然入眼的画面,便让我对他们生出了敬意。

今天,因为快递公司的出现,邮递员的队伍空前扩大——快递公司的员工实际上也是邮递员。由于人们希望自己的邮件能尽快寄达目的地,邮递员们使用的交通工具在不断变化,摩托车、电动车、汽车成了寻常的代步工具,也许,在不远的将来,邮递员们还会使用小型快艇和无人机。但不管交通工具怎么变,邮递员们的使命都不会变——在人与人之间传递信息、物资和爱意!

邮路的长短,是衡量一个国家施政能力的重要指标;邮递员的工作,其实是在执行团结国民凝聚人心的任务。当一个邮递员,固然辛苦,却也真的值得自豪。当然,所有享受邮递员服务的人,也应该对他们心怀感激!

爱之歌

——中国肝脏外科创始人、中科院院士吴孟超纪事

生与死相隔多远？

很少有人去想这个问题。其实，想一想你就会发现：生与死相离很近！一个人前一分钟还在对妻子交代事情，后一分钟地震突然发生，一下子就被倒下的屋梁砸死，你说，生与死能相隔多远？我猜，大概生命之神和死亡之神曾结下了死仇，所以生命之神每让一个人诞生之后，死神便指定一个下属潜伏在那个人身旁，随时准备借疾病和意外灾祸之力再毁掉那个生命。

所幸，聪明的人类有了分工，他们让一部分人不再从事衣与食的生产和其他劳动，而让他们专当医生和医学家——专职护卫人的生命。

我今天要讲的，就是一个医生和医学家的故事，一个顽强的生命护卫者吴孟超的故事。

披甲执刀九十岁

我想,你应该见过年已九十拄杖而行的老人。在这太平盛世,高寿者多了,活到九十的人不少。你在乡村或城市的街头看见他们,可能会向他们投去惊喜和羡慕的一瞥:嗬,老寿星!

我猜,你可能也见过年已九十仍能劳作的老人,他们或在田头薅草,或在家中做饭,你看见后会很意外,会向他们投去惊奇和钦佩的目光:天哪,九十岁了还能干活? 多精神的老人!

可我估计,我若是告诉你,有一个九十岁的外科医生,仍能上手术台为病人做肝胆外科手术,有时一天还能做三台时,你一定会皱起眉头对这话表示怀疑:哥们儿,太夸张了吧? 给我讲神话?!

我当初和你一样:不相信!

因为谁都知道,外科医生要能做到术前准确诊断、手术做得精致、术后治疗得当并不容易,其最佳年龄是三十五至六十岁。三十五岁之前,手术本领很难达到精妙;六十岁之后,体力、眼力、手的灵活反应能力又大大降低。站在手术台前的外科医生,除手术本领之外,还需要有很强的体力、绝好的眼力和一双灵活的手。因此,聪明的外科医生过了六十岁,大都会"封刀",会有意让位给弟子来做手术,自己在一旁出出主意,以免失手毁了名声;而聪明

188

的病人,一般也不找过了六十岁的外科医生动手术,怕他们力不从心出意外。开腹做肝胆手术是大手术,一个九十岁的老人怎么还可能去做这样的手术?

所以,我最初从文字材料上看到九十岁的吴孟超还在做肝胆外科手术时,我的本能反应是:吹牛!

这年头,啥样的假话不敢说?

因此,我今年2月下旬到了上海第二军医大学之后,提出的第一个要求是:去东方肝胆外科医院看吴孟超做手术。我心中想的是:我一定要看出个真假来!

没想到校方和院方都痛快地答应了。

那是乍暖还寒的一个早饭后,我被告知今天可以看吴孟超做手术。我带着一睹究竟的急切到了东方肝胆外科医院,然后在一位医生的带领下,到医院手术准备处领取一套消过毒的隔离服。随后,便随那位医生走进了手术医生的换衣间。

这时,我看见了吴孟超。这之前,我只是在报刊书籍里发表的照片上见过他。

他也在换衣服。

和照片上的他相比,他失去了伟岸和威武,真实的他原来就是一个身材不高、体态偏瘦的普通老人。

我朝他点头致意,他也朝我点头笑笑,他一定已经知道我们的来意。

我注意他换衣服的动作。不慌不忙，有条不紊。但那动作里，也有老年人特有的那种"慢"。

换好衣服的他向手术室走去，我急忙跟上他。他走路的动作让我略有些意外：两脚迈得很快捷。从背后看他走路，猜不出他的年龄已到九十岁。

手术室总共有十间，他的那间在最里边。我们走进手术室时，要做手术的病人已躺在了手术台上，他的助手们已做好准备，器械护士也已就位。

大家好！他一边给大家打招呼一边掏出手术专用的眼镜戴上，开始麻利地戴上手术手套，然后走到墙前去查看病人的 CT 片子。陪我进来的医生低声给我介绍道：这是他最后一遍看片子，其实这片子他已看过多次，而且昨天他还亲自去 B 超室为病人做过 B 超检查。

他开始向手术台走去，他眼中浮起严肃郑重的神色。我注意到他双脚踏上了一个约二十厘米高的木台。陪我的人附耳轻声告诉我：他身高只有一米六二，那木台是为他特制的。站在手术台前的他和在换衣间的他有了明显的区别：老态一扫而光，一副昂然冷峻之状。随着他的眼神改变，手术室里的气氛也骤然一变：一股紧张弥漫开来。

他站的是主刀的位置，看来他是真的要亲自为病人做手术。

他双手开始伸进病人的腹腔进行探摸，他的眼睛未看触摸的部位,好像全凭手的感觉。

他简短地发出指令:止血!

他的一只手朝器械护士这儿一伸,一把手术刀已准确地放到了他的手中。

有血喷出来,气氛更显紧张,他威严地说了句什么,喷血骤然停了。

一块血糊糊的东西被他放到了托盘里。

陪我的医生低声告诉我:已切下病人病变的胆。

我俯身去看那个血糊糊的"胆",这是我此生第一次看见人的"胆",好家伙,比我想象的大。

吴孟超继续低头在病人的腹腔里忙,我这个外行看不懂,但我感受到他的动作纯熟而有把握。他下命令的样子像极了战场上掩蔽部里的指挥员,简短、清楚、有力,而且很快被助手执行。

开始缝合了。可他没有停手,一直坚持到缝完最后一针,坚持到护士开始数纱布。

他的全程表现和全部动作,像极了一个五十多岁的外科医生。一个人一下子显得年轻了几十岁,这真是神了!

是不是对老爷子的表现感到奇怪?护士长程月娥大概看出了我的疑惑,微笑着说,吴老平日开会要吃降压药,可一上手术台开刀,血压立马正常了;平日拿笔签字手会抖,可一拿手术刀就不抖了;他平日脾气好,可一上手术台就急得不得了,还有一点霸气,完全像一个年轻人。我也曾同他开玩笑说:你一定在家偷吃了人参和灵芝,而且是野生的,要不你哪有这样的状态……

又一个病人被推了进来。

他走下手术台,走近第二个被推进来的手术病人,先是亲切地摸了一下对方的脸,然后轻声说:别害怕。那病人很激动地答:有你在,我啥都不怕,你给我动手术,那是我的福气。他无声一笑,向休息室走去,开始两台手术间的短暂休息。十几分钟以后,第二台手术就要开始……

眼见为实。一个九十岁的老人在这天上午为两个病人动了肝胆手术,耗时三个多小时。而且都非常成功。这就是说,文字材料上说他只要在医院,几乎每天都要为病人做手术的事不是吹的。

我不能不信!

接下来,我就特别想弄明白:他,吴孟超,已经功成名就,已经权钱都有,已经获得过国家最高科学技术奖,已经获得过中央军委授予的"模范医学专家"称号,什么样的荣誉都有了,为何还要如此辛苦自己?为何不歇息歇息,享一享晚年之乐?

我是第三天下午向他提出这些问题的。

他照旧一笑,他的笑容里带着一种温暖和真诚。他说,我是一个外科医生,我的工作岗位是手术台,我从二十几岁上手术台,已经几十个年头了。我已经习惯了那里的环境、氛围甚至气味,只有在手术台上，我的心里才踏实、才舒服、才痛快，才能从心里感受到，我虽然年纪大了，可对于国家、军队、百姓还有些用处，才觉得浑身都来了劲。再说，我也希望和年轻人在一起，做手术时我的三个助手加上护士和麻醉医生，都很年轻，和他们在一起工作，有时聊聊天，说说话，我很开心，觉得自己身上也添了活力，好像又回到了年轻时代。还有一条就是我们外科医生带学生，不上手术台是不行的，你想要多带出好学生，你就必须上手术台。最后一个原因，是有好多病人希望我亲自给他们主刀，他们信任我，我不能辜负了他们。总之，只要我身体好，只要我还能干，就坚持做到最后，如果有一天真倒在手术室里，倒在工作岗位上，那我会感到幸福……

我默望着他，我没想到，在今天这个物欲张扬、享乐至上的社会，还有人如此热爱自己的工作岗位！

吴老手术室的护士长程月娥告诉我：吴老到这个年纪还做手术，作为护士，从近处看他，其实是能看出他的累来。有一天，因手术时间长，出汗多，他下手术台时双腿都有些打晃，我扶他在手术椅上坐下，轻声问他：很累吧？他沉默了一会儿，才叹口气说：唉，身上的力气越来越少，哪能不累，看来，我的有生之年是不会多了。小程，如果哪一天我真的在这手术室里倒下去了，你不要慌张，你知道我爱干净，记住给我擦干净些，别让人看见我一脸汗污的狼狈样子……我一听这话，眼泪立马下来了，我对吴老说：你可不能说这种不吉利的话,你一定得长寿,还有那么多的病人等着你去救他们的命哩……

我查了一下有关吴老的统计资料,仅 2010 年,他就主刀完成手术一百九十六台。他主攻肝脏外科以来,已主刀完成一万四千多台重大肝脏手术。按每天平均两台算,他得连续工作七千多天。

换算一下,是得连续工作二十年呀!

呕心沥血攻"肝癌"

每个人都有肝脏。

可并不是每个人都知道肝脏这个消化器官对人体所起的重要作用。你知道它分泌胆汁,储藏动物淀粉,调节蛋白质、脂肪和碳水化合物的新陈代谢,同时还干着解毒、造血和凝血的事情吗?

也不是每个人都知道保护自己的肝脏。君不见,有多少人每天都让自己的肝脏浸泡在愤怒的情绪、透明的酒精和肥腻的肉食里。

也不是每个人都知道中国人的肝脏最易受肝癌的袭击。可能是基因也可能是生活习惯在起作用,世界上白种人得肝癌的比率较小,亚洲、非洲人得肝癌的比率则比较高;在全球的肝癌患者中,中国人占了百分之四十多,肝癌是我们国家的一种多发病。

肝癌和胰腺癌一样，是人体内最凶险的癌症，致死率非常高，人称"癌中之王"。因其恶性度高，病情进展快，病人早期一般没有不适，一旦出现症状就诊，往往已属中晚期，故治疗难度大，一般人发病后，生存时间仅为六个月。

早在 20 世纪 50 年代中期，当吴孟超掌握了普通外科手术本领，开始思考自己在医学上的主攻方向时，他就注意到了肝癌对中国人生命的威胁，所以当他的老师裘法祖建议他向肝脏外科发展时，他没有任何犹豫，毅然决定直面这个凶恶的敌人，在肝脏外科这个医学的空白地域开辟向肝癌进攻的通道。

争取把肝癌扼制住，为国民造福！

吴孟超下了决心。

吴孟超是个不下决心便罢，一旦下了决心就要付诸行动的人。当年，十七岁的他在马来西亚诗巫下了回国抗日的决心后，和其余六个同学一起，历尽千辛万苦，时而上小舟，时而登大船，绕道西贡、河内，坐车、步行交替，栉风沐雨，终于回到了国内。后来，他在同济医学院毕业，下了当外科医生的决心后，尽管主管分配的人嫌他个子小不同意，让他去小儿科，他还是想尽办法如了愿。再后来，他下了和恋人吴佩煜结婚的决心，尽管有的领导阻拦，给他制造各种麻烦，他还是机智地想出主意，在上海办成了简单而热闹的婚礼。如今，既下了主攻肝脏外科的决心，他便立刻开始行动。

他的第一个行动,是和同事方之扬一起,翻译美国人 Gans 于 1956 年写的《肝脏外科入门》。这虽是一本普及性质的入门读物,却是当时他能找到的仅有的参考书。他和方之扬商定,两人各译一半。为了尽快把书译出来,他在得了细菌性痢疾,高烧四十摄氏度住进隔离病房的情况下,仍在为一个词一句话的译法琢磨。病情稍轻,他就让妻子把书和英文字典拿到了病房,在病床上译了起来。1958 年 5 月,中文版的《肝脏外科入门》,在上海科技出版社出版了。

接下来,他向医院党委写了一份建议组织攻关、向肝脏外科进军的报告。院党委很快批准了这份报告,并决定成立由他和张晓华、胡宏楷两位同事参加的三人"攻关小组"。

紧跟着,他带领两位同事开始研究肝脏解剖理论。用他的话说:做肝脏外科当然首先要了解肝的解剖,肝分左右两叶,人云亦云,我决定亲自看看,直接摸摸……为此,他和他的两个同事一起,经过数十次实验,用做乒乓球的赛璐珞当灌注材料,先后做成了一百零八个肝脏腐蚀标本和六十个肝脏固定标本。在制作标本、熟悉肝脏血管走向的基础上,他摒弃肝分左右两叶的传统看法,提出了肝分左外、左内、右前、右后和尾状五叶,左外叶和右后叶各分两段的"五叶四段"肝脏解剖理论。

就在他和两位同事抓紧进行肝脏解剖理论研究的时候,一位肝癌病人走进了他们所在的外科就诊。那是一个被肝癌折磨得痛不欲生的男人:肝区持续性胀痛、黄疸,瘦得皮包骨头且伴有腹水、恶心、呕吐、持续发烧。看着病人辗转反侧不能安卧片刻的可怜模样,听着病人时高时低无奈无助的痛楚呻吟,吴孟超心疼难忍,他仿佛听到了癌魔得意扬扬的讥笑:嗨,你们这些医生,竟想和我作对,没门儿!现在知道我的厉害了吧?病人的家属恳求施救,说:治不好我们也不抱怨。医生们决定为其做手术,从别的医院请来了手术高手主刀,当时还年轻的吴孟超站在一旁观看。那台手术最后失败了,病人死在了手术台上。当护士出门告诉病人亲属手术失败时,病人亲属们的哭声轰然响起。那尖厉的哭声像刀一样扎着吴孟超的心。不,不能让类似的悲剧再发生,不能让癌魔肆意猖狂!吴孟超更加坚定了与肝癌搏斗的决心。

1960年3月1日,经过理论武装的他们,终于成功地进行了首例肝癌切除手术,实现了肝胆禁区的手术突破。

但吴孟超没有沉浸在这次成功的喜悦里,他和他的攻关小组成员很快又向前闯去。他接着又发现了术后肝脏的生化代谢规律,发现了常温下间歇肝门阻断切肝法,进行了肝中叶癌瘤切除术,突破了禁区中的禁区。

1971年,当时的美国总统尼克松在致美国国会的国情咨文中,首次正式提出:美国人医治这种该死的疾病——癌症的时机成熟了,我们应该集中像研究核裂变以及登陆月球所付出的力量一样来做这件事。尼克松总统不知道,在他发表这番言论之前很久,中国的吴孟超和他的医学家同事们,已经倾注全力在和癌症搏斗了。

1974 年,在吴孟超的极力要求下,第二军医大学附属医院有了独立的肝胆外科病房。仅仅几个月之后,他们人生中的一个巨大考验和巨大成功就同时来到了。

1975 年 1 月 3 日,第二军医大学附属医院肝胆外科门口来了一个四十来岁的男人,这人的肚子大得惊人,像极了一个怀孕十月的女人。他双手捧着肚子,痛苦万分地说:求神医们救命! 吴孟超看到病人时吃了一惊,他还从没有见过这样的病例。上前一问才知道,这人叫陆本海,安徽舒城人,他老家的医院说他得的是肝癌。吴孟超和同事们为他做了仔细的检查,最后断定他腹内长的是一个特大肝海绵状血管瘤。这种病最理想的治法是手术切除,但手术难度很大,极容易造成大出血,使病人的生命不保。国外也没有类似的手术成功记录。当时国外把直径四厘米的肿瘤称为“巨大”,美国斯隆·凯特林肿瘤研究中心对一例45 厘米×25 厘米×25 厘米的肝海绵状血管瘤只是做了剖腹检查,并没有切除。

怎么办? 切除还是不切除?

不切除、不手术,理由很充分,病人也无话可说。

可遇难而退不是吴孟超和他的同事们的性格!

他决定干! 前人没干过,外国人没干过,咱也要干。不干怎能在医学上有所进步?!

他们针对陆本海的病情,制订了周密的手术方案,并对可能的意外做了急救准备。学校和医院也全力支持,调集了几十名医护人员从各个方面给予协助。

病人的腹部正中被勇敢地划下了第一刀……

那是一场危机四伏、惊心动魄的战斗。当切口完全打开,一个被血液充涨成蓝紫色的超大瘤子在无影灯下猛然显露了出来,只见它上部顶入胸腔,下部浸入盆腔,随着病人的呼吸一起一伏,活像一个怪胎。看着这个罕见的瘤子,在场的所有医护人员都不由得吸了一口冷气……手术整整进行了十二个小时,最后一刀下去,超大的瘤子离开了人体。一个助手双手抱住那个瘤子,小心地将它抱出了手术室。一测之后才知道:瘤体重十八公斤,体积为 63 厘米×48.5 厘米×40 厘米。它是至今为止国际文献报道的最大的被切掉的血管瘤,为世界之最。

十一天之后,病人开始下床活动。

一个月后,病人体重增加了七点五公斤。

一个半月后,病人痊愈出院。

直到现在,2011 年 3 月,陆本海还在健康地活着。

吴孟超和他的同事们通过了一个巨大的考验,也收获了一个巨大的成功。这例手术的成功,标志着我国肝脏外科技术已臻成熟。

紧跟着,吴孟超又开始了肝癌早期诊治的课题研究,首创了扁豆凝集素、醛缩酶同工酶等先进的肝癌早期检测方法;提出了巨大肝癌二期切除、肝硬化肝癌的局部根治性切除、肝癌复发再手术的肝癌外科治疗概念;并率先开展小儿肝脏外科研究……

1986年,拥有一百张床位的肝胆外科病房——康宾楼,在他的手上建成。

1996年,独立的团级编制的肝胆外科医院在他的积极推动下成立。

1999年,独立的师级规模的拥有六百六十张床位的肝胆外科专科医院又在他手上建起,使其成为国内最大、国际唯一的肝胆外科疾病诊疗和研究中心。现在一年收治的病人超过一万名,一年的手术量达到四千例。

吴老在长期和肝癌作战的过程中还意识到,肝癌光靠开刀解决不了问题,必须找出导致肝癌的病因和机理,进行综合治疗。所以他对基础研究极为重视,先后建立了中德合作的生物信号转导研究中心、中日合作的消化道内镜临床研究中心、中美合作的肿瘤免疫和生物治疗中心、沪港合作的基因病毒治疗中心四个在国际上具有较大影响的基础研究基地。并在研究的基础上,逐渐在临床上开展了肝癌的介入治疗、微创治疗、生物治疗、免疫治疗和病毒治疗。

与此同时,他发表学术论文八百余篇,主编《黄家驷外科学》

等专著十八部,获得国家级和省部级一等奖十个、各种荣誉二十六项,十二次担任"国际肝炎和肝癌会议"等重要学术会议的主席或共同主席⋯⋯

他对自己所选择的事业倾注了全部的热情和热爱。

由于他的努力,肝癌这个中国的多发病在早期诊断、外科手术和综合治疗上取得了巨大进步。目前,肝癌的早期诊断率上升到百分之九十八以上;小肝癌术后五年生存率提高到百分之七十九点八以上,一些人术后已存活三十多年,最长存活已达四十五年;晚期肝癌术后五年生存率,由二十世纪六七十年代的百分之十六,上升到今天的百分之五十三,肝癌对国人的伤害力得到了有效的扼制。国际著名肝脏外科专家、国际肝胆胰协会前主席威廉姆斯评价说:吴教授对肝癌的基础研究和临床工作,在国际上处于领先地位,他的成就令全球同行所瞩目和敬佩。

"术""仁"兼具成名医

像所有的画家都想成为名家一样,所有的医生也都想成为名医。

如今,成为"名医"的手段很多。像张悟本,敢发表令人震惊的言论:绿豆汤可治百病。像李一,敢以道长身份表明自己的医功:能在水下憋气两小时二十二分钟。

吴孟超成为名医则是靠几十年治病救人累积起来的实绩,靠病人和病人亲属们的口口相传。

　　2010年冬天一个寒冷的上午,两位女性拎着CT片子满眼焦虑脚步匆匆地走进了上海东方肝胆外科医院。

　　半个小时后,她们在东方肝胆外科医院一位医生的陪同下,站在了吴孟超的面前,其中一位急切地递上手中的CT片子,说:这是我哥哥的肝脏片子,麻烦吴老看看,我哥哥几个月前发现患了肝癌,你看还能不能动手术把肿瘤切了。吴老仔细看完后说:可以呀,可以切。那女士一听这话忽然哭了起来,说:我们原来送哥哥去了上海另一家医院,那家医院在没有征得我们的同意之下,就把他收进了肝移植病房,三天后告诉我们,肝上的瘤子包着血管,无法取,病人需要做肝移植。并说他们手上有两个供体肝,和我哥的肝能配上型,一个是好肝,四十万元,另一个是带有乙肝菌的肝,可以便宜到二十万元。我们根本没有换肝的思想准备,更没有那么多钱,只好说不换肝。他们听后就给我哥开了腹把长了息肉的胆切掉,又给缝了起来。原来他们是存心逼我们换肝,他们好赚钱呀……

　　吴老一听这个怒不可遏,猛地站起来说:怎么可以如此对待病人?简直是医学的败类!这个手术我来做!

　　吴老为了做好这个手术,先后两次召集多名专家会诊,然后亲自主刀,顺利切下了病人的肿瘤。四十二天后,病人平安出院。

到目前为止,病人身体的各项指标均很正常。

今年2月28日上午,笔者见到了病人的妹妹和妻子,那是两个刚从一场劫难中走出来的普通中年妇女,脸上都还残留着受到惊吓的痕迹。她们一听我问到病人的现况,立刻流出了眼泪,说:病人很好,我们遇到吴老算是遇到了活菩萨,他和我们非亲非故,待我们就像他的亲人,他这么高的年纪,这么大的名气,还亲自为病人做B超,亲自主持专家会诊,会诊时我们就坐在旁边,他的负责精神感动得我们泪水不断,后来他又亲自主刀。他不收礼物,我们无以为报,只能祝他老人家长寿了……

这就是吴孟超和患者的关系!

类似的故事,在吴孟超的行医生涯中,不知已发生了多少。

香港的洪兰珍女士被确诊为晚期肝癌,医生告诉她只能活三个月。丈夫不忍看她等死,四处打听,知道了上海有个专治肝癌的吴孟超,就想来上海求医。可他们家住香港的贫民区,钱少,丈夫无力陪着,洪兰珍只好一人来了。吴孟超接诊后,前前后后共为她动了三次手术,终于把她救了过来。在她住院期间,吴孟超经常到病床前探望,有时外出开会或巡诊,也要打电话询问她术后吸引出来的血量和颜色,询问她的血压、脉搏和小便量。八月十五中秋节那天,洪兰珍正一人躺在病床上思念香港的亲人,只见吴孟超和夫人一起提着一盒月饼来到了她的床头含笑说:我想香港人和广东人的饮食习惯差不多,所以买了盒上海产的广东月饼,不知合不合你的口味?洪兰珍的眼泪顿时下来了,她紧紧握住吴孟超的手说:怪不得内地老百姓都称解放军为亲人,你们待我真是比亲人还亲呀……鉴于她家的贫穷状况,吴孟超向医院领导申请,减免了她的大部分医疗费用。她最后病愈出院时,无法用言语表达她的感激,竟号啕大哭起来。

一位福建籍的许姓老人,身患晚期肝癌,因为四处买药治病,家里已是一贫如洗。为了不再拖累家人,他孤身来上海寻找求医的机会。临走时,他给家里人说:你们不必找我,我就是死,也死在外头。他在上海流浪许久,才在别人的指点下找到了吴孟超所在的医院,当班医生见他面容枯槁,衣衫褴褛,钱带的也不多,根本不够住院所需的费用,便请示吴孟超:收不收这个病人?吴老的回答毫不含糊:收下!

吴孟超亲自为他做了手术。术后初期老人进食困难,吴孟超来看他时还亲手给他喂饭,一小碗稀饭喂了好长时间,把老人感动得一边吃一边流泪。当老人的家人知道他开了刀治了病还活着时,忙带着家中仅有的几只鸡来到医院,见到吴老就跪倒在地,感谢他的救命之恩。

吴孟超说,一个医生,只有好医术,成不了名医;世上所有的名医,都同时还具备另一个特点,那就是仁,对病人有爱心。他至今还记着自己的老师裘法祖说过的一句话:医生治疗病人,就等于要将他们一个个地背过河去。

他正是怀着对病人深切的爱，才每逢要把手伸到病人腹部检查时，都要先搓搓手，把手搓热后再伸到病人的腹部上去。每次检查完，还要帮病人把裤带系好。

他正是怀着对病人深切的爱，才坚持每做一例手术前，不管此前病人已有多少检查结果，他还要亲自去 B 超室为病人做一次 B 超检查，亲眼看看 B 超的检查结果，好做到术前心中有数。

他正是怀着对病人深切的爱，虽届高龄仍经常亲自到病房查房，而且查得特别"慢"。为病人查体特别仔细，从头查到脚；问也问得细，从过去问到现在，从不放过任何一个疑点。有时查房临走时，还特意弯腰把病人鞋尖朝里的鞋子拿起，摆放成鞋尖朝外，好让病人下床就能方便地穿进鞋。

他正是怀着对病人深切的爱，才告诉自己的助手们，得了癌肿的病人，常常为求医已耗尽了积蓄，对凡能用低价消炎药解决问题的病例，决不能给人家开高价药，手术中凡能自己缝线的部位，就不要使用收费一千多元的缝合器，要为病人节约每一块钱。

他正是怀着对病人深切的爱，才坚持对病人写来的求医信每信必复。复杂的信他亲自回，简单的信他口述由秘书代复。对于病人打到家里的求医电话，他是每个都接。对于赶到他家来找他的病人，他都是热情接待。曾当过他秘书的李捷玮说，有一天，他陪吴老外出开会、会诊和研究生答辩，回到吴老家已是晚上 11 时

15分了,整个家属区亮灯的人家已所剩无几。吴老这时对他说,累得腿都快抬不动了。话音未落,吴老家门口站着的几个人便迎了过来,原来是从福建慕名来看病的病人,也不知是怎样打听到吴老家的地址,一直等到现在。李捷玮当时冲动地对他们说,这么晚了,你们怎么好意思?他决意要为吴老挡驾。吴老也开口道:你们能不能明天来看……可话刚说了一半,他顿了一下又改了口:那么进屋坐吧。那天病人的家属又特能唠叨,吴老一直耐心地听,详细地看,直到半夜12点才送走这批病人。

他正是出于对病人深切的爱,才从不收病人的任何礼物。一天傍晚,一位妇女提着一袋甲鱼,来敲吴老的家门,恰好吴老和夫人都不在,保姆把门打开后,那妇女说:我是肝外科×床病人的家属,请转告吴教授,给我们找个好医生开刀呀!说完把甲鱼朝门旁一放就走了。保姆只好将那些甲鱼拎到屋里,打开袋子数了数,有好几只。晚上9点多钟吴老回来,保姆说了这件事后,吴老严肃地说:你不了解我们的家规,这次不怪你,但下不为例!他随后就拿起电话向肝外科病房进行核实,安排了手术医生,但让保姆拎着甲鱼又退回给了病人家属。有的病人给他送来了现金,他推让不及,就交到医院收费处,算做病人上交的押金,在病人结账时再还给病人。

在吴老这里,从未出现过医患矛盾。每个经他治疗的患者,临走时对他都是千恩万谢,眼里含着感激的泪水。病人们知道他的医术和医德,都对他怀着极高的信任,很多病人说:经吴老看过病,就是死,也无遗憾了。

他对他接诊的每一个患者,都充满了爱意。

甘为"人梯"建团队

独木不抗风,单兵难排阵。

护卫生命和打仗一样,一个人的力量太小。

吴孟超在长期的临床实践中深深地体会到,自己的刀法再精,能治疗的肝癌病人也有限,必须不断地培养人才,建成一个强大的医学攻坚团队,才能持续地向肝癌发动攻击,达到最终制服它的目的。

于是,他对培养人才倾注了极大的精力。

1978年国家恢复高考和研究生制度后,他在第二军医大学第一个打报告,要求在肝胆外科设立硕士点。国家教委批准后,他1979年就招收了两名硕士研究生。1981年,他又申请并建立了第二军医大学的第一个博士点,开始培养肝胆外科的专业精英。至今,他还带着博士生。这些年,他先后培养了二百六十多名硕士、博士研究生,一千多名肝胆外科专业人才,其中有十八人次获得了中国青年科学家、长江学者奖励计划特聘教授等荣誉。

他对弟子们的专业学习抓得极严。"会做、会说、会写"这六个字,是当年他的老师裘法祖对他的要求,如今,他也用这六个字来要求他的学生。会做,就是手术做得漂亮;会说,就是能在讲坛上阐述自己的看法;会写,就是能发表论文撰写专著。对于吴老在学业要求上的严格,他的许多学生都记忆深刻。吴老的学生严以群教授说:老师"训人"实在太狠了,有时简直一点面子都不给。他训人的途径有二,一是考,二是查。考,就是当众提问。在手术台上,在病房里,他随时都会对你发问,而且有时还"诈问"。比如某个问题的答案是甲不是乙,你开始答甲,明明对了,若神情紧张,心里也无把握,这绝逃不过他的眼睛,他会盯着你追问:到底是甲还是乙? 你心中一慌,可能就又答乙了,当众出丑了。他紧跟着就会板着脸说:为什么不多读点书? 要是人命关天的紧要关头,能犹犹豫豫吗? 再就是查,他每次查看病历、查化验结果时,你站在旁边看得心里直发毛,多半会有毛病被挑出来。查病人,如果发烧的没有看咽部,没有行肺部听诊,没有查血象,如果有内科情况没有及时请会诊,如果大便次数多的没及时做直肠指诊或者便秘几天没有采取通便措施,所有外科医生容易疏忽的事都会被他很容易地查出来。一旦查出来就训你,训的话还很难听:如果让你也憋上几天大便,你会怎么样? 挨训的时候心里真不舒服。但我听他说过:你心里难过,我的目的就达到了……

他慧眼识珠,特别善于发现人才。王红阳并不是他的研究生,不是"吴门嫡传弟子",只是他在一次中德医学协会学术年会上偶然发现的一个苗子。当时,王红阳还是一个消化内科医生,被临时抽调到会上做会务工作,她冷静的头脑、严谨的作风、好学的精神、扎实的英语功底给吴孟超留下了深刻印象,他觉得这个女子身上有一股潜下心来做学术研究的素质,是一个可造之才,值得培养。于是他就问王红阳愿不愿到德国进修学习。王红阳脱口而出:当然愿意。当时,德国医学协会每年给我国十个进修学习的名额。没过多久,吴老就与裘法祖教授联名写信推荐她到德国攻读博士学位。王红阳未负吴老希望,在德国学习和工作期间,做出了突出成绩,德国著名科学家乌尔里希教授说,在他所接触的研究者中,她是最出色的百分之十中的一员。吴老每次到欧洲开会,都会专程到王红阳所在的德国马普研究院去看望她。每次看望之后,吴老都会不失时机地说:希望你将来能到肝胆医院工作。王红阳被吴老的真诚感动,苦读十年回国时,提出在东方肝胆外科医院建立一个与德国马普研究院的合作研究中心,专门研究生物信号转导问题,而且要能保证工作人员来去方便。吴老当即答应,然后到北京找人多方疏通,最终得到军队和国家有关部门的允许。之后,她带着二百五十万元经费及一些仪器设备和技术员,来到了东方肝胆外科医院,主持中德合作生物信号转导研究中心工作。如今,她在肝癌等疾病信号转导上取得突破性进展,先后发表论文七十余篇,其中影响因子在八分以上的就有五篇;获得发明专利五项;筛选和研发了新的肝癌诊断标志物及血清检测单克隆抗体,获国家专利;已克隆多个新的肝癌相关基因并阐明了功能;首次发现新的抑制性受体对肝癌细胞生长、凋亡的调控机制和癌基因 p28 在肝癌上的异常信号通路,为肝癌防治提供了新的靶标……如今,她已是中国工程院院士,并荣获亚太女科学家奖。

吴老的人才观极为超前,是他首次提出了出国学者服务国家的"哑铃"模式。他带出的博士郭亚军告诉笔者:你别看吴老年纪大,可他的观念新,人极为开放。1989 年他送我去美国哈佛大学医学院学习,临行前嘱咐我,要学会用国外的先进研究手段来进行国内急需的科研项目研究。我到美国后,于 1991 年开始主持肿瘤转移免疫治疗研究室的工作,有了自己的实验室和数目可观的科研经费。那年,吴老赴美进行学术交流,特地去看我,我俩就中外科技合作和人才培养的事情,进行了彻夜长谈。当时困扰中国出国学者的一个最大的问题是,要不要回国进行科研。不回,容易被人说成是不爱国;回,又会失去在国外的研究条件和实验室。吴老当时大胆设想,能不能让这些学者在进修国和祖国同时拥有实验室,人两边跑。具体到我的安排,就是在第二军医大学东方肝胆外科医院建立一个与美国西方储备大学相应规模和水平的实验中心,由我及一些中美学者穿梭在中美两个中心之间,追踪国际前沿水平开展科研,培养人才,从而形成一种长期稳定的国际科技合作研究关系。我当然高兴。吴老的这一构想，很快得到了第二军医大学、总后勤部、国家自然科学基金会、上海市科委的大力支持。在吴老的努力下，经过五个多月的紧张筹备，在新落成的东方肝胆外科医院和东方肝胆外科研究所大楼里，肿瘤免疫和基因治疗中心就宣告成立。此后，我就在中美两个中心之间飞来飞去地工作，解决了"回国服务"和"为国服务"的关系，使两个中心优势互补，很快出了一批成果……如今，吴老提出的这种模式，已被命名为国际科技合作的"哑铃模式"，在全国推行。

他对他的学生，不仅在专业发展上倾力扶持，在生活上也极为关心。杨甲梅没成家时，逢节假日，吴老总会叫他到家里吃饭，以消除他的思亲恋家之心。有好多个春节，他都是在吴老家吃的过年团圆饭。杨广顺硕士毕业后，被吴老留下，而且还悄悄和干部部门联系，办好了他妻子调入上海的全部手续，使他无了后顾之忧。王红阳初由德国回来时，儿子尚小，工作时就把儿子带到实验室。有一天傍晚，孩子突然病了，她急急把他送到医院急诊室输液，自己坐在一旁看书，恰好吴老那刻从急诊室过，看到了这一幕，他当时就打电话给医院一个工作人员，让他马上到急诊室来帮助照看王红阳的儿子，并批评他们没有照顾好王红阳的生活。王红阳的孩子上小学时，又是吴老亲自找了地方上一个姓王的处长，联系好了孩子上学的事情。吴老的每个学生，在从他这里学到专业本领的同时,还得到了一份浓浓的爱和关怀。

如今,吴老的学生都成了硕士生导师和博士生导师,每个人都带出了许多学生,都有了自己的团队,这许多团队加起来,组成了一个更大的吴氏团队。吴老说,我这一辈子可能看不到肝癌被制服的一天了,但我有了这个医学团队,就可以组成多个进攻梯队,前赴后继地向肝癌发起冲击,总有一天,肝癌会被制服,不再危害国人。

一般人活到九十岁,想得最多的可能是自己的身体状况和身后事的安排:孙子孙女去哪里就业? 房产和存款如何分给孩子们? 遗嘱怎么写? 该向组织再提哪些要解决的问题? 可九十岁的吴孟超没想这些,他眼下想得最多的是:在上海郊区安亭新建的国家级肝癌研究和治疗中心何时能建成? 何时能开业? 我们采访他的那天,他的一个下属说希望我们的采访中间能暂停一下,说吴老要去安亭处理肝癌研究和治疗中心建设中的问题。我当时很诧异,低声问那位下属:天这样冷,为何偏要一个老人跑那么远去处理事情? 你们为何不去? 那位下属苦笑一下:他不去他会不放心,而且要与地方上打交道,很多事情只有他出面才能很快解决……那一刻,我望着这个老人,在心里涌上了真正的感动:真是一个罕有的老人! 他的心里一定储满了对我们党、国家和军队的爱,所以才能把爱四处抛洒,才能如此挚爱自己的工作岗位,挚爱自己所从事的事业,挚爱自己的病人,挚爱自己的学生和所有可用的人才。要是我们都能像他一样,那我们中华民族的复兴大业怎么可能会不成功?!

年老未曾忘忧国

　　一般人退休之后，多开始谋划如何快乐度过余年，有照料孙辈享天伦之乐的，有四方周游观天下美景的，有到朋友企业兼职赚钱的，有养花种菜自得其乐的，把不再上班的自由日子过得有滋有味。这当然好，忙碌了大半生，歇息歇息完全应该，值得我们去效仿。不过也有人另有选择，如我的学友贾雪阳将军，身退心未退，仍把国家大事放在心上，尽力去做一些于国家有益的事情，可谓将军暮年，壮心不已。对此，我们当然也应该献上敬意。

　　雪阳将军当年从军时，进的是野战部队，由战士，提班长，升排长，一级一级历练；在部队参加日常训练、长途拉练、战备值勤，样样事情都干得精彩。后来调总部机关，由干事，提处长，升主任，当政委，在每一个岗位上全干得有声有色。由于年龄到了，退下来后，照说也可以歇息歇息，可他忙惯了，歇不住，自己给自己找事情做。

214

他找的第一件事情，是修建一座烈士陵园。当年打石家庄战役时，我军在河北平山河渠村设立了战地医院，有一百一十多名重伤员在医院里没能救治过来，遗体就葬在村东的一片岑地里。由于岁月更替，风雨剥蚀，墓平碑失草长，年轻人渐渐忘了这件事情。雪阳回乡见到这种情况，心中不安，觉得对不起烈士们，不仅不公正，于后人价值观的确立也有负面影响。遂四方奔走，八面化缘，带头捐款，开始为那批牺牲多年的烈士修建陵园。几经努力，终于使一座烈士陵园在河渠村东岑落成，让为国捐躯的烈士们有了一个美好的栖息之地，也让年轻人有了一个祭奠烈士、表达感恩之心的场所。

全力支持宣传烈士素云的事迹，是他做的第二件事。顺义一个叫史庆云的女士在捐献一件老棉袄时，意外发现袄里藏有十一份历史资料，经解读之后才知，原来这是史庆云的母亲素云所留。素云当年是经戎冠秀介绍，加入八路军的地下工作者队伍，替八路军送情报的人。1942年9月15日，二十四岁的素云在抱着三个月大的女儿小云送情报时，被日本鬼子杀害，遗体被抛在荒野里。这件事被雪阳知道后，觉得应该还素云一个公正，他八方找人求证，使素云烈士的事迹得以完整还原；然后又四处宣传素云的事迹并上报民政部，正式追认素云为革命烈士；最后，又把烈士遗骨迎回烈士陵园安葬。他说，我们不能让任何一个为国尽忠的人遭到冷待。

捐建家乡河渠希望小学,是他做的又一件大事。家乡孩子们的教育,他始终在关心着。他知道只有办好教育,才能使农村的孩子们不输在起跑线上,才能从根本上改变家乡的面貌,所以下决心要在村子里建一所希望小学,使村里孩子们上小学后跟北京的小学生一样有同等的受教育条件。他在自己捐款的同时,多方寻求支援,最终使河渠希望小学得以建成。小学建成使用时,他还请李瑞环、迟浩田等同志题了词,办了一个隆重的开学典礼。至今,只要需要,他就会回到这所小学去看望孩子们,有时一周由北京去小学校就达两次。眼下,他还经常参加"善行河北·爱心教育远程行"活动,被人们称为"教育爱心将军"。

组织村民修路,是他做的另一件大事。他年轻时在河渠村种过地,至今,河渠村到乡里的路及连接邻县灵寿的三四公里路还都是土路,每逢下雨和浇地时,村民们骑自行车都无法出村。看到这种情况,他心里着急,就组织村民们"花明天的钱修今天的路",把土路修成了水泥路。村民们出行方便了,他自己却为此欠下了债,还了好几年的账。有人问他,你什么时候能不再管农村的事了?他笑答,等和我一起种过地的村民们日子都过得比我好了,我就再也不管了。

他做的第五件事,是呼吁国家建立一个公祭烈士纪念日。他说世界上很多国家都设有烈士日,1月7日是巴勒斯坦烈士纪念日,1月30日是印度烈士节,2月11日是也门烈士节,2月21日是孟加拉国烈士节,3月3日是加拿大烈士纪念日,5月9日是俄罗斯战胜德国法西斯纪念日,5月最后一个星期一是美国阵亡将士纪念日,6月6日是韩国显忠日,离11月11日最近的周日为英国阵亡将士纪念日。我们国家为国牺牲的烈士千千万万,也应该有一个公祭烈士的纪念日,好让年轻人知道今天的和平生活来之不易,好让烈士们在九泉之下感到欣慰,好激励更多的后来者。

担任中国秦文研究会会长,练习书法,是他做的第六件事。雪阳的母亲在世时,是中国秦文研究会的会长,她的秦篆书法作品,在国内享有很高的声誉。母亲去世后,他主动挑起了老人留下的担子,为秦朝文化的研究出谋划策。在书法上,他在继承母亲书艺的基础上另辟新路,练习行草,在长期临摹大家作品的基础上,开始自己的创造。如今,他的书法作品已成气象,多次参加各类展览,获很多书法家称赞,被很多名人收藏,成为名副其实的将军书法家。

参与筹备拥军优属基金会,是他做的第七件事。他在长期的军旅生活中发现,军队的基层干部和战士,在服役期间一旦受伤致残或因病致残,退伍后的生活就会陷入困境。对这部分人给以帮助,既是一项社会慈善活动,也是稳定部队的一项工作。为此,他退休后在国家民政部的指导和支持下,和其他热心此事的朋友一起四处奔走,多方筹集经费,终使这项基金得以成立。

传承抗日军政大学的光荣传统和革命精神,是他做的又一件大事。他作为北京抗大光荣传统研究会会长，带领研究会的同事们，亲自到抗大老学员家里采访，多次到档案馆查阅历史资料，参观抗大旧址和纪念馆，主办研究刊物，召开座谈会，把抗大当年的好传统收集整理出来，以便把这笔宝贵的精神财富传承下去。

此外，他还热心参与各项社会文化活动，为文化的繁荣发展出力。他支持佛教艺术家协会的工作开展，为他们提供多种方便；他参与道教协会献爱心的字画拍卖活动，提供自己的多幅书法作品用于拍卖，所得钱款全部用于慈善救助活动；他在平山县组织举办"柏坡魂"杯全国书画邀请展，推动平山的书画创作；他支持河北梆子戏《白毛女》的进京演出，为地方戏的发展操心；他组织策划残疾人艺术团到老区及哈尔滨等地演出，激励年轻人拼搏向上的意志；他积极参加北京市的文化活动，担任北京市军棋委员会主任。只要是于社会国家有益的社会文化活动，他都尽可能积极参与。

军人，因其职业与国家的安危和人民的福祉紧密相关，故易生忧国忧民之心。雪阳将军退休后，并没有退而全休，并没有忘掉自己的军人身份，依然在为事关国家和军队的事情操心忙碌着，这其实并不容易，这是需要牺牲掉一些关注个人健康、关注自己家庭的时间与精力的。

但愿我们的社会上像雪阳这样的人能更多些！

随时准备出征

　　路,曲曲折折;沟,深深浅浅;山,高高低低;树,密密麻麻。当我在暮霭四阖时下火车转汽车赶赴某后方战略仓库时,一边望着车窗外渐渐没入暗夜的景致,一边在心里想,在中国的腹心地带,在这大山深处当一名军人,尤其是当一个仓库主官,离可能爆发战争的沿海和边境千里万里,按照正常的心理,最可能的表现应该是守住摊子,谋点利益,争取早日离开这偏僻之地吧?

　　待见到了仓库主任张存志和政委杨忠这两名主官,待看到了他们的所作所为,在见识了他们带领的团队的表现之后,才知道自己的猜测和揣度离真相太远。原来这两位身处僻远之地的上校军官,一刻也未忘自己的军人职责,平日里克服着种种困难,一心想让自己管理的仓库在未来的战争中能真正发挥保障作用,为前方的胜利贡献一份力量。

　　在金钱至上、物欲膨胀的今天,在享乐奢靡之风弥漫的当下,这两名团职军官的行为令我眼睛一亮。

要有随时出征的精神准备

张存志告诉我,他是 1989 年由家乡河南扶沟县入伍的,先到京城一个汽车团当兵,然后考上石家庄军械工程学院,于 1993 年 7 月分来仓库,转眼间已经二十年过去。他说,这二十年间,他当过技术员、保管队长、业务处助理员、仓库副主任,走过了仓库的每一个角落,如今闭着眼也能摸进每一个洞库。他说,他这二十年里能在这个偏僻的山沟里坚持干下来,重要的精神支撑是:这里也是保家卫国的地方,是一个男人应该站立的岗位。

在安徽寿县长大从军的杨忠说,不论是干部还是战士,来到这位于深山沟里的仓库工作,必须有精神支撑才能顶住寂寞坚持下来。所以我们始终注意向大家强调和灌输三个观念:其一,管理和守卫后方仓库,就是一个军人尽职的岗位。站在这个岗位上,与站在炮位上的陆军官兵,与立在舰艇上的海军官兵,与坐在飞机里的空军官兵,与操纵导弹的二炮官兵,是一样重要和光荣的。其二,仓库官兵的所作所为,将对前方的胜利产生直接的影响。如果我们不能把弹药及时送上去,前方战士们手中的火炮和枪支怎么能打响? 胜利怎么会到来? 其三,我们必须随时做好出征的准备,我们的出征,就是将上级要我们保存的弹药安全快捷地收进洞库,把作战部队急需的弹药迅速地由库里取出发送出去。

为了让干部战士做好随时出征的精神准备,张存志主任和杨忠政委坚持抓好三件事:一是每年都组织大家去库区旁边的烈士陵园拜谒烈士,让干部战士从几十名为仓库建设牺牲的烈士身上,汲取一种勇敢的献身精神。在松柏掩映的陵园里,在字迹斑驳的烈士墓碑前,在简陋的烈士事迹陈列馆里,年轻的干部战士们的心中,会生起一种为国献身的崇高感,会生出一种勇往直前的激情。二是经常组织紧急拉练,让大家养成应对紧急情况的精神习惯。蹲山守库时间长了,天天看山石绿树,月月听风唱鸟鸣,人的精神容易松懈麻痹,经常组织拉练,能让大家在精神上保持一种警惕和警觉。三是搞好文化生活,激发干部战士的精神活力。他们建起了擂鼓队、军乐队和军体操表演队,逢节假日就开始演出,让大家在隆隆的鼓声中,在激昂的军乐声中,在雄壮的军体操动作声中,生出一股豪情,荡起一股豪气。笔者曾有幸看了他们擂鼓队、军乐队和军体操队的一次表演,那种激昂的声响和动作,让我这颗已开始衰老的心脏一下子激跳起来,能感到周身的血管随之扩张,血流明显加速,年轻时在训练场上训练的场景飞快地在脑中闪过,一种昂扬之气开始在体内激荡。我想,这大约就是一种出征的精神准备吧。

要有出征获胜的技术准备

一个军人,要出征作战,就必须有作战的本领。冷兵器时代,你要么学会用刀,要么学会用剑,要么学会用弓箭。今天,你是装甲兵,你得学会开坦克;你是舟桥兵,你得学会架桥;你是防空兵,你得学会操纵防空导弹。作为一名仓库兵,同样得有本领才能出征打仗。张存志和杨忠告诉我,他们主要训练仓库官兵们掌握三种本领。第一种,是军人通用的基础性本领,包括越野长跑,轻武器射击,全副武装通过沾染区、封锁区等。除了在营区的训练场上练,他们还曾把部队拉进秦岭深处训练。第二种,是收发弹药的本领,也就是把上级指令储存和发放的弹药如何安全快速地收进来、发出去。包括卡车司机如何将车靠近站台、开进洞库,弹药如何安全装车卸车,弹药如何在洞库和火车车厢里码放,铲车驾驶员在铲送弹药箱时如何准确无误等。我曾看了他们库里铲车驾驶员的精彩表演:先在铲车的铲子上绑上一根针,然后让驾驶员驾驶铲车,把那根针准确插进前方一块有机玻璃上一个直径几毫米的细孔里;然后在地上放三个啤酒瓶,让铲车驾驶员用铲车把放有三个酒瓶的另外一块玻璃铲起,稳稳地放在那三个酒瓶上。这两项表演,让我们看到了铲车驾驶员用铲车精准堆放物品的本领。第三种,是管理洞库的本领,就是如何开关库门以保证洞库内的温度和湿度,如何消除静电和其他外力对洞库的危害,如何严格钥匙保管制度以管好人员进出洞库等。

正是因为他们狠抓了这三种本领的训练,仓库连续四年被评为一级训练单位,全库的干部战士个个都有一身好武艺。战士们说,只要上级给我们下达战斗任务,保证能顺利完成任务,用我必胜!

要有出征作战的战场准备

一支部队要打胜仗,一定要预先做好战场准备。所谓战场准备,就是要千方百计把敌人诱进我预设的战场上打。在我们预设的战场上,我方各部队的部署位置,进出方向和道路,各种打法的预案都要先做好。张存志和杨忠认为,对于我们这个后方仓库的官兵来说,战场就在军用专线站台和藏有洞库的十公里长的山沟里。我们做战场准备,就要在这个范围内做。在这个范围内,他们主要抓了三个方面的准备:一个是道路准备。所有的战场准备,道路都很重要,对于弹药仓库来说,道路准备更加重要。没有好的道路,收发弹药的车根本无法通过。这几年,他们一直在想办法改造道路质量,把原来用水泥铺设的路面,逐渐更换成条石铺成的路面,这样,更能承受住重载卡车的碾压。我在库区内曾亲眼看见他们正在修复一段被山洪冲毁的道路,设计合理,施工认真,把质量放在第一位来考量,以保证战时的使用。另一个是库房准备。后方仓库的战场准备,最重要的当是库房准备。他们在库房准备上主要是抓两点,一是安全,所有洞库必须达到防爆要求,为此,他们改造了所有洞库的电线设置;二是方便装卸,为此,他们扩大了一些洞库的库门,使汽车能直接开进洞库。再一个是网络准备。未来的战争肯定是机械化和信息化密切结合的战争,战场准备中如果缺了信息化这一项,很可能会对未来夺取胜利造成负面影响。试想一下,如果上级下达一批弹药发送的命令后,仓库领导再去翻记录本查找这批弹药放在哪个洞库的哪个区域,再起草通知告知有关分队行动,那势必会耽误不少时间;而如果仓库的局域网建设好了,库领导一点鼠标,各种记载清清楚楚,然后按一下发送指令,分队的终端机上就是清清楚楚的装载数字,战士们马上就可以展开行动,那将节省多少时间? 所以,张存志和杨忠宁可使用库里自己积攒的钱,也要把局域网建设好。现在库里的光缆全部入地,网络四通八达,机关、分队、哨所、洞库,全用网络联系了起来,领导在网上一下指令,下边瞬间就能清清楚楚。

张存志和杨忠这两位主官明白,国家养军队,就是为了在战端一旦开启后赢得胜利;如果我们军人不会打仗,我们的军队不能打胜仗,那要我们军人和军队有何用? 正是因此,他们时刻提醒自己:做好一切谋划,随时准备出征打胜仗!

一种深情

我的故乡南阳是全国出土汉画像石最多的地方。

但许多年间，很少人知道它的价值，其中许多被人们随意地砌在院墙、猪圈和桥墩上，任凭风刮雨淋。20世纪初，南阳城里有几个文化人尽自己的力量保存了一些，但全国范围内并无人重视此事。直到二三十年代，远在上海的鲁迅先生两次出钱托他的学生到南阳为他拓取汉画像石刻的拓片，预备出版，这才引起了人们的注意，社会才逐渐懂得了它的价值。

20世纪50年代，田汉先生到南阳，看了几块汉画像石之后，喜出望外，认为是我们国家的宝贝。他听说在方城县境内还有一个桥墩上砌有汉画像石，执意要去看看，最后因大雪交通断绝没法成行，田汉先生竟面朝那座桥的方向，连鞠三躬。

再后来，南阳在建成汉画馆的时候，郭沫若先生亲笔题写了馆名。

这之后，又有一位文化人对南阳的汉画像给予了深情关注，他就是冯牧先生。

冯牧先生对南阳汉画像的关注，起因于我的一篇小说。

1991年，我的中篇小说《左朱雀右白虎》在《长城》杂志第一期上发表，这篇小说写的是抗日战争时期故乡几个文化人冒死保护汉画像石的故事。小说发表不久，责任编辑告诉我，说冯牧先生对这篇写汉代画像石刻的小说挺感兴趣，可能要为这篇小说写点评论性的文字。我听后当然很高兴。很早就知道冯先生的名字，读过他写的关于云南的散文，知道他是大名鼎鼎的评论家，当年李存葆先生的《高山下的花环》和邓刚的《迷人的海》就是经他推荐给全国读者的。他能读到我的小说而且感兴趣，立刻使我写小说的自信心增强了不少。这之后不久，责任编辑又告诉我，冯牧先生愿意亲自到济南参加关于这篇小说的座谈会。我感到意外而兴奋。

座谈会召开时，七十二岁高龄的冯牧先生果然如期而至。尽管这篇小说的毛病不少，冯先生在会上会下还是给了我很多鼓励。也是在这次会上我才知道，战争年代，冯先生做随军记者的时候，曾随部队到过我们南阳辖区里的内乡县城，而且在县城里见过汉画像石，他对这精美的汉代艺术品印象很深。他说，他在内乡县城看到汉画像石是在一个晚上，他一下子就被石刻画像的神韵吸引住了，那个晚上便也因此留在了他的记忆里。他那时并不知道鲁迅先生对这些石刻的看重,但他本能地知道,这些艺术品应该得到很好的保护,可惜那是战争年代,他也只能想想而已。会间,我送他一本《南阳汉代画像石》画册,他爱不释手地翻看着,有时会被某一幅画像吸引住,长久地端详着。

那次座谈会结束之后,冯牧先生又在济南停留了两天。他听说山东省博物馆里收藏有汉画像石,提出想去看看。他说,我们国家出土汉画像石的地方较多,苏北、四川、陕北、山西、鄂北都有,这些地区的汉画像石,由于时代有早有晚,经济和文化水平不一,加上人们生活习俗有异,艺术风格上就各有不同,我过去在徐州看过那里保管的汉画像石,在风格上和南阳的汉画像石刻有不少差别,不知山东这里出土的汉画像石刻会是什么样子。汉代的交通不发达,一种艺术样式会因地域的不同而有很大变异的。我和朋友听后便急忙去联系,不巧得很,那几天博物馆里正在整修,没法参观。看见老人失望的眼神,我便提出,陪他去济南郊区的四门塔和千佛崖看看。他点头说行。

四门塔位于历城县柳埠村青龙山麓神通寺遗址东侧,是隋大业七年(公元611年)建造的。我陪老人来到塔前,他立刻精神一振,兴味十足地绕着用大块青石砌成的方形单层塔身转着看着,并说,隋塔以砖砌居多,且多为多角多层,此塔只有一层,又全用青石砌就,成方形,高度又仅有十几米,在塔中是稀罕之物,是有独创性的建筑,应属珍品,值得一看。听他这样一说,我想起故乡河南邓州那座隋塔,那塔在用料、结构及造型上和这座塔的确不同。我给他描述了邓州那座塔后,老人说,看东西要学会比较,比较之后才能看出其中奥妙。看作品看作家也是这样,有比较才能有发现。我明白老人这是在向我传授鉴赏技巧,就更留心听他讲话。他说,看你们南阳出土的汉画像石,要与汉以前和以后的石刻艺术品相比较,这样才能发现它的妙处……

看完四门塔,我又领老人到不远处的白虎山崖壁上看千佛崖造像,这崖壁有六十余米长,有大小佛龛一百多个,佛像二百余尊。这些造像大部分成于唐初,冯先生在唐武德、贞观、显庆和永淳年间造的佛像前看得特别仔细。他一边看着那些佛像一边告诉我,唐代和汉代一样,国势强盛,经济繁荣,社会相对安定,艺术上的创新精神也特别强,表现在雕刻和塑形艺术上,就显出一种夸张、雄大和粗犷豪爽之风,你看这些佛像造得也特别有生气,一个个筋肉饱满精神勃发,和宋、元、明几代的造像就有所不同。我听罢细细看去并逐一比较,果然发现了其中的不同之处。那天往回返时,老人很高兴,说,这两处文化遗存,是研究隋唐时代建筑雕刻艺术的重要标本,甚至对研究那时的经济发展也有帮助,就像你们南阳的汉画像石,不仅使我们可以了解汉代的艺术发展情况,也是研究汉代经济、政治以及科学的重要资料。这一天我也觉得收获不小。这两处古迹过去我也来看过,但只是看热闹,并没有像今天这样看出门道。

翌日，我又陪老人去了位于历城县西采石村东北的房彦谦墓游览。生于公元547年的房彦谦，通涉五经，工草隶，曾任北齐齐州刺史、隋监察御史等职。他居官勤勉廉正，隋文帝杨坚派人考察州县群吏，推房为"天下第一能吏"。其子房玄龄为唐太宗贤相，父以子贵，被追赠为徐州都督、临淄公。我们到达之后，冯先生先去看墓前著名书法家欧阳询书的那通《唐故徐州都督房公碑》，他低声把碑文念了一遍，其流利和速度之快令我吃了一惊，我的眼睛根本跟不上。他像是看出了我的诧异，说，我过去读书时喜欢欧阳询的书法，读过他书写的许多碑文。我们在墓旁坐下歇息时，他看着房彦谦的墓说，人想名留后世，只靠修墓是不大行的，墓修得再大，后人该忘还是会忘的，重要的是给人留下说的东西。做官的要名留后世靠政绩，为文的要名留后世看作品，你们年轻人，要紧的是写出好作品，写出能传至久远的作品，这才是大事。你的《左朱雀右白虎》只是你创作上走出的一步，不要不能也不值得满足，要争取写出大作品。所谓大作品，就是要给人一种沉实雄浑的感觉，就像汉画像石刻给人的那种感觉。你们这一代还是幸运的，要珍惜历史给你们的机会。

　　那天往回走时，我们在车上又说到了汉画像石刻。冯先生说，你们南阳能出土数以千计的汉画像石，成为全国出土此类艺术品较多较集中的地方，并不是偶然现象，你想没想过这其中的原因？我说，一个原因可能是南阳在西汉时就是大城市，是与洛阳、临淄、邯郸、成都并列的大都市之一；另一个可能是因为东汉的开国皇帝光武帝刘秀发迹于南阳，他的主要将相都是南阳人，他们对南阳百般经营，使南阳成了帝乡。他点点头说，这些当然是原因，但不是最重要的，最重要的是南阳当时的经济发展是走在全国前列的，南阳当时是全国重要的冶铁基地，《汉书》上说过，大农丞孔仅在南阳大冶，皆致产累千金。冶铁业的发展，铁制工具的广泛使用，使兴修水利成为可能，使广开土地，深耕细作有了保证，所以史书上说你们南阳当时户口大增，比室殷足。经济发展衣食富足为厚葬习俗打下了物质基础，画像石墓正是厚葬的产物。我觉着他分析得颇有道理。

冯先生预备次日回京，晚饭后，我去他住的房间里小坐，老人又拿起那本汉画像画册，边翻看着边说，从画册上印出的这些画像上看，你们南阳汉画像的题材和表现手法，已经突破了商周时期那种呆板抽象的模式，注意从社会生活中获得素材，写实已成为重要倾向，但并不是那种机械地摹写，而是在写实的基础上，也充分利用夸张的手法，使描画的对象更具典型化，看上去更具感染力。以后有机会，我真想亲自去看看那些画像石。我一听急忙说道，你以后若有南行的机会，返回时从焦枝铁路线上走，到我们南阳下车，停一两天就行，到时候我陪你去汉画像馆里仔仔细细地看一遍。他笑着点头，说好吧，我一定争取去一趟南阳。

我当时并没有把冯先生的答应太当真，以为他不过是随口说说罢了。没想到一年多后的一天，正在南阳写作的我，忽地接到冯先生的电话，说他不久将去南方一趟，返回时可能会在南阳停停。我听了很高兴，告诉他我这些日子不出远门，他北返时拍个电报来就行。不想我等来等去，一直没有消息。事后才知道，他那次南行中身体一直不舒服，回返时身子很弱，同行的朋友因担心他的健康，都劝他不要再中途在南阳下车。他后来在电话中告诉我，当列车在南阳站作几分钟停靠时，他一直贴着车窗向外看着，这儿是他曾经战斗过的地方，这儿有美丽的汉画像石，他很想多看几眼，他说他为没能下车感到非常遗憾。我在电话中宽慰他，等你以后身体好了再来。他当时答应了，未料没过多久，疾病就缠上了他，他去南阳看画像石的愿望最终没能实现。

他去世后，在八宝山公墓和他告别时，我望着他的遗容在心中默默说道，你虽然没去成南阳，但你对南阳汉画像的珍视，你对先祖留下的艺术品的那种深情，我们年轻人会记在心里。

告别老乔

　　大年三十那天,我接到乔典运的电话,他的声音虽然低,但很清晰,我们交谈了一阵,放下电话后我想,他虽然身体虚弱,可心胸开阔,他一定会继续坚持下去的。未料到,他生命终结的日子竟那样快地来到了。那天上午,我正在写作,王桂芳来了电话,我一听她的声音,就知道不好,果然,她告知的是老乔已走的消息。尽管我心中已对这一天做了准备,可悲伤还是压上了心头,老乔的音容笑貌也倏然现在眼前,我的眼泪流了下来:老乔,你是真的离开我们了? 再也不和我们一起谈笑、品茶、喝黄酒了? 再也不来北京玩了? 再也不含笑对我们说:咱是山里的一个草民了?

　　我很想回去参加老乔的葬礼,无奈因种种缘由不能如愿,我只得到邮局拍了一封唁电。至今,我仍为自己没能亲自去给老乔送葬而深深抱愧。我想,我以后回到南阳,一定要到老乔的坟上看看,去道一声歉。

老乔在六十来岁的年龄上去世,是太早了。我知道,他还有许多创作计划想去完成,可惜,由于早年极度艰难的生活对他身体的损耗,由于"文化大革命"中所受的精神上的刺激,由于创作上的积劳成疾,他的身体已经失去了支撑他活下去的能力了。1997年春天是一个上帝收作家的季节,不少作家在这个春天离开了文坛,其中农村出身的作家占了相当大的比例,老乔和这些文友一块儿从文坛上撤走,对文坛来说是一个沉重的打击。

　　不知道老乔是不是有预感,反正早在他得病之前,他就多次同我谈到了死亡。他对死亡的看法是达观的,他认为,人只要做完了自己能做的事,早死早安生,死得问心无愧就行。老乔是实践了他的死亡观的,他给社会留下了二百多万字的作品,给朋友们留下了浓浓的友情,给家庭留下了深深的爱意,他死得问心无愧。

　　老乔这一生从一个普通农民奋斗到一个著名作家,应该说是活得很辉煌的,但对人生参透了的他并没有因此而忘乎所以,他仍然谨慎做人,恭谨待人。他知道,人在世上所获得的一切,最终是会被上帝全部收走的,他是一个活得最明白的人。他用他的行动给我们留下了一个教诲:别被名利障眼,别活得太累。

　　老乔去世前的那几天我没有同他再交谈,不知道他还有没有遗憾的事情,我猜,如果有,那就是关于他作品的结集问题。他出过几个集子,但作品收得不全且不系统,以他在中国农村题材小说创作中的地位,他是应该出一套全集的。不知这个愿望将来会不会实现。

老乔的早逝,给我们南阳的作家敲了一个警钟:大家都应注意保护身体。南阳的作家大都是农村出身,由于先天和后天的营养都不足,身体底子打得并不厚实,若不注意,一味拼命写作,病是会找上门的。

老乔如今站在另一个世界里,大约和过去一样,面带微笑地望着我们,用他惯常的声音说:好好活吧,朋友们!

老乔,朋友们非常想念你!

学信先生

马学信先生是我初中三年级的班主任。从那时到现在，已经有二十多个年头过去，其间我一次也没有再见过他，想他今天一定是华发满头了吧？

学信先生的一只手留下了残疾，所以他第一次登上班里的讲台时同学们都有些吃惊。后来才知道，那是他在学校滑冰摔伤后留下的。由此我们知道他是个爱好体育运动的人。在课余时间，我们常见他坚持用残臂握拍打乒乓球，他的这种劲头鼓舞了我们，使得我们班打篮球、乒乓球的人格外多，班里爱好运动、注意锻炼身体的风气很盛。

学信先生兼教我们语文，他批改我们的作文特别认真。总是在他认为我们写得好的句子和段落下用红笔画上特殊的符号，而且批语极其详细。每次作文本发回来后，我都急忙去看他画下的符号和写下的批语，每一次我都能从那些符号和批语里获得一份写好作文的自信,增加一份对写文章的兴趣。也就是从那时起,我懂得了鼓励的重要。我也因此相信,一个才智平常的人,如果能经常得到恰如其分的鼓励,其成功的可能要比一个总受打击的天分很高的人还要大。

学信先生很少对我们发脾气。他总是温文尔雅地说话、讲课,大声呵斥、教训同学的情景我几乎不记得有。逢有同学做了错事,他总是把他叫到一边慢声细语地讲道理令其悔悟。也因此,同学们都愿意亲近他,常愿去他的宿舍里坐坐。

学信先生的家离我们学校很远,得有六十里吧。他平时往返家里总是骑自行车。那个时候,有一辆自行车是很不容易的事情,每次见他骑了自行车返校我都很羡慕,并未去想那往返一百二十里的辛苦。在校时我曾经去过他那个名叫马庄的村子,并在他家吃过饭。师母是一个很贤惠的女性,她一个人在家带孩子操持家务,那阵子我还不可能体谅他们分居两地的全部苦处。

我当兵后学信先生也调离了邓县三中,我们就一直没有联系。前些年有次碰见一位当年的同班同学,他告诉我说马老师想盖房子但钱不够。刚好我当时也因为家中有事手头拮据,未能给老师以支援,这在我是很感歉疚的。

听说学信先生如今仍在教学岗位上工作,教师这门职业的清苦和辛苦这些年我已经深深知道和理解,但愿马老师能注意节劳保重身体。你的学生们都在挂念着你。

川籍班长

我当兵后的第一任班长是四川南充人,姓何。

何班长个头不高,也就一米六多一点吧;圆脸,眼大,尤其是生气时,双目圆睁如杏;嗓门高,寻常说话也能让四十米外的人听到。

我们新兵到班里报到,他盯住我看了十几秒钟。而后踮起脚在我头上敲了一个栗子问道:长这样高干啥? 我愣住,吭哧半天才答出:不知道,糊里糊涂就长成了一米七八的身高。他满脸不高兴地嘟囔着:个儿高了要多糟蹋粮食和布匹,知道吗? 我赶忙说:是!

我们开始训练队列。何班长领着我们操练,他因为嗓门大,喊的口令极是洪亮有力,不过七八个人训练,他的口令喊得惊天动地,弄得满操场都是他的声音,俨然像在指挥千军万马,引得驻地附近的女人和孩子们都来观看。每当操场边围满大姑娘小媳妇的时候,他就特别得意,一行一动都是标准的军人做派。

　　进行专业训练时他有点提不起精神。我们是测地排,战时的任务是用三角函数知识为炮兵分队准备射击诸元。训练时要用经纬仪观测角度,要用对数表去进行计算。他初中没毕业,搞计算就很觉困难,所以一搞专业训练就有些吃力,就私下里抱怨:是哪个龟儿子发明要搞这种计算的? 太伤人脑筋! 他见我计算得又准又快,就满意地敲敲我的脑袋说:行,你这龟儿子是个材料!

　　班长个头虽小,但食量惊人,吃饺子和我们这些大个子一样,能吃完用一斤一两干面包成的饺子。班里有谁患了病,连队食堂给病人做了病号饭——鸡蛋面条,只要病号吃不完,他就不客气地上前一扫而光,一点也不剩地全扒进肚里。他的几个同乡只要买了可吃的东西,不管他们藏得怎样隐秘,他都能准确地前去找到从而要求"共产共吃",使得那些同乡叫苦不迭。

　　那次驻地附近的一家工厂失火,他跑在所有人的前头,最先不顾危险攀上屋脊泼水灭火,身手极其敏捷。当火灭后那家厂子的领导上前向他表示感谢时,他一边抹着脸上的烟灰一边叫道:少说废话,拿两个馒头来!

　　他很想要一个漂亮媳妇,不止一次地在私下里对我们说,他将来的媳妇在貌相上不能低于八十五分。但后来他父母在家乡为他说定的媳妇并没有达到他的标准。那姑娘的照片寄来后,他一直不让我们看,只说:还凑合。我们一伙人趁他不在时偷翻了他的枕头，从里边找出了那张照片，我们看完后都有点替班长惋惜。不过班长后来还是接受了，为那个姑娘寄去了不少衣服和雪花膏之类的东西。

班长是在我入伍的第二年冬天复员的。他走前把他精心保存的测地教材和指挥尺都留给了我，还送了我一个日记本。我送给他的是饼干，是几盒当时山东境内最好最贵的钙奶饼干。那时四川还很穷，吃不饱肚子的事情还经常发生。他走那天早晨我抱着他哭了，从不流泪的他那一刻也满脸泪水，他拍着我的肩膀说：这个班交给你了！……

从分别到今天已是二十几个年头过去了，我们再没有见过面。我不知道他现在生活在四川的什么地方，生活境况怎样。算起来，他已是近五十的人了，他的儿女怕也有十八九岁了吧。老班长，祝愿你生活得好！你当年手下的战士如今仍然在想念着你。你当年为之操心的那个班，今天已生活着另外一茬年轻的小伙子了！

我和警察

最早知道世上有警察是在书本上,从小学课本上我读到了"警察"这两个字,不明白是指什么,问老师,老师告诉我说,警察是指背着枪维护公共安全的人。我家在乡村,乡村那时没有警察,附近的镇上有一个公安特派员,可他不穿警服,所以警察在我的脑子里一直没有一个完整的形象。直到我上了初中,有一次县上在我们学校操场开公判大会,我才第一次见到了从县公安局来的警察,嗬,戴着大盖帽,穿着制服,挎着枪,好威风!

后来当了兵,才知道警察和军队一样,是国家机器的组成部分,是国家维护社会秩序和治安的武装力量,从理论上知道了警察存在的必要性。再后来,读了历史书,方明白依照法律设置警察专职人员,是在近代社会中才出现的事情。警察人员的活动在历史上、地区上和组织上多种多样。今天警察的任务已大大不同于两百年前,各国之间,差别也很大。有些国家,警察机构首先由中央政府统一设立,然后贯彻到地方。而有些国家,首先是各个地方自行设置警察机构,后来才由中央政府加以合并和统筹管理。

我是在小说里和影视剧中与警察们熟悉起来的。在这些小说和影视作品中,警察们大都是除暴安良的英雄,他们或者勇猛顽强、身怀绝技,或者英俊威武、风度潇洒,给我留下了很了不得的印象,使我对他们满怀敬畏。

我在生活中和警察开始接触是在结婚以后,这时要给家人办户口,要给自行车办执照,自然要和警察打交道。近距离观察才发现,警察原来也是一些普通人,他们也要买青菜豆腐,也担心物价上涨,也和老婆生气,也用不干净的手绢擦嘴。这一来,心里倒觉得和他们亲近了起来。

我频繁和警察打交道是缘于一桩家事,那桩家事使我见识了不少警察,他们中的大多数给我留下了美好的印象,让我感受到了人间的温暖和人情的温馨,让我理解了人与人互相信任是多么重要,但也有人让我看到了警界的龌龊,看到了人心的黑暗,看到了对人世进行漂洗的必要。

1993年秋天,我在北京火车站亲眼看到一个警察为制服一个坏蛋而流出了血,那是我第一次近距离地观看警察和歹徒的搏斗过程,第一次真切地感受到警察这门职业充满了危险。这之后不久,我又从报纸上看到,有两名警察在追捕歹徒时被歹徒开枪打死,我的心受到了强烈震动,和平时期,最容易造成死亡的职业,怕就是警察这个行当了吧?

1994年春末夏初,我在济南经七路和纬三路的交叉口遇上了一个交通警察,当时他正在值班,我骑自行车由西向东抵达路口时,红灯亮了,我按照规定停下了自行车,自行车前轮越过停车线十来厘米。我身边还有几个人的自行车也都越出了停车线,大家都停在那里,没有人意识到应该往后退。这时,原本站在路边的那位警察朝这边走了几步,很快地挥了一下手,我没有理解这个手势的含意,照旧站在原地,不想那警察这时走过来突然朝我吼道:你为何不后退?我闻言急忙后退一米,并连连道歉:对不起,对不起,我刚才没有理解你手势的含意,我错了。他不依不饶地叫:说句错了就行了?拿出你的证件!我急忙掏出自己的工作证递给他。他看了一阵后说:我看你是故意这样做的,你是看不起我们当警察的。我一怔,急忙辩解说:这怎么能扯到看不起警察上?我刚才确实是没有听清。不行,必须重罚你!他大声叫道。我实在是气急了,不禁也叫了一句:你愿怎么罚就怎么罚吧!他闻言冷冷一笑说:我本来是想罚五元的,你说了这句话,我罚你十元!我没有办法,只得掏出十元钱给他。这是我与交通警察第一次也是唯一一次打交道,给我留下的印象十分深刻。

1996年,我妻子的一个外甥女从警校毕业,到交警支队工作,我在电话中和她交谈时曾叮嘱她:你所从事的职业是和公众打交道最多的职业,一言一行都要慎重,要正确使用人民交给你们的权力,要对得起"人民警察"这个称号。她干得不错,听说还受到了表扬,但愿她能长期坚持下去,成为一个受人尊敬的好交警。

当今社会的每个人,其实都是在警察的保护下生活的,离了警察,我们的安全很难有保证,每个人都应该给警察的工作以理解和支持。但所有的警察也应该明白,自己手中所掌握的强制他人的权力,是公众赋予你的,滥用是要被收回的!

警察和军人一样,都是人类社会发展到一定阶段的产物,随着人类文明程度的不断提高,这两种职业大概都可能被另外的职业所代替。但愿这一天能早日到来。

男孩

1

他落地时就有些古怪,脐带在脖子里紧紧缠了一圈。接生婆倒提着他拍打了许久仍是无声无息,于是就扔下他去救他出血太多的母亲。人们都在他母亲身边忙碌,人人都以为他已经返回到了彼界,不想他在母亲醒转过来后也悠长地哼了一声,这才又重新引起接生婆的注意,才使他爹喜极地高叫了一声:我的儿子还活着!

2

他绝少哭闹地睡在妈妈身旁。

妈让吃奶就吃，不让吃了就罢，就睁着两眼望着屋梁。爹妈一开始都夸这孩子很乖，可眼见他长到三岁还是一句话不说，才有些慌了。爹急忙把杏花街上专治喉咙失音的郎中刘七叫来，刘七想尽办法想让男孩说话，但他的双唇就是不开，刘七最后下了结论：这孩子看来是先天残疾，终生要当哑巴了。他说完到饭桌前去吃孩子的爹妈为他备下的午饭，他刚拿起一个馒头要吃，不防那男孩突然开口：给我一个！这话音把刘七吓得手中的筷子掉落在地。

3

那天早晨，妈妈第一次把那个大胡子外国老头的画像贴到他的床头时，他只胡乱地看了一眼，随后便侧了耳去听外爷书房中的动静，根本没去听妈妈对那个老头身世的介绍。他听见外爷把书房的门打开之后，便哧溜一下跳下床，只穿着小裤头从妈妈身旁冲出了屋门，笔直地弹射进外爷的书房，迅疾而准确地把放在书房门后的两根甘蔗抓到了手中。正伏案写着什么的外爷那刻惊讶地抬起头来叫：馋猫，这甘蔗是我昨天天黑之后买回来的，那时你已经睡下，你怎么知道它放在门后？他龇了牙诡秘地笑笑。

4

过了差不多一年的时间,他才在妈妈的反复念叨包括捏住耳朵强迫下记住了那个外国老头的名字:达尔文。

——你应该做一个像达尔文那样的人! 妈妈肃穆了脸对他说。

——达尔文的胡子太长了! 他提出抗议。

——并不是要你也留他那样长的胡子,而是要你向他学习!

——凭啥?

——凭他在科学研究上所做出的成绩,没有他,我们人类可能至今还不知道自己是从哪里来的——

——我早就知道自己是从哪里来的了,奶奶过去骗我说是从城外西岗上用镢头挖出来的,可外婆给我说了,我其实是从你肚子里钻出来的!

妈妈在那一刻被逗笑了,严厉的妈妈那天笑倒在了沙发上久久没有起来。

5

又过了大约一年,他才算明白母亲给他树立的这个榜样是一个英国的博物学家,是进化论的奠基人,才算记住达尔文一生写过的两本重要著作的名字:《物种起源》和《人类的由来及性选择》。也就是从这个时候开始,他发现达尔文老头经常溜进他的梦境,有时竟在他的梦境里充当起重要的角色。在那些光怪陆离的梦中,有一个画面曾反复出现:那达尔文老头领他去一条曲折盘绕的山间小道上捕捉蝴蝶,那条道上的蝴蝶其实仅有一只,但它翅膀上的颜色五彩缤纷极其诱人,他非常想捉住它,可每当他靠近蝴蝶伸手要去捏住它时,他的脚下不是绊住一块石头就是踩进一个深坑从而摔倒在地,随即使蝴蝶惊飞。他十分恨那条难走的时常被深草和树枝遮没的山间小道。多次想停步回家,可达尔文老头总是站在他身后催促:捉呀,捉呀! 后来有一天,他对他的伙伴——一个小他一岁的名叫汀的女孩——愁苦地说:你愿不愿到我的梦里帮我把一只蝴蝶捉住? 那女孩豪爽而郑重地应道:行啊,你到时候喊我一声就成!

6

夏天的一个闷热的正午,他领着他的小伙伴——那个名叫汀的女孩,偷偷来到屋后的小河边上,他们想像河里的其他孩子那样跳进水里洗个痛快。脱下上衣时,他突然发现汀的奶子似乎比自己的大些,这使他很不高兴:太奇怪了,我比你大一岁,我的奶

247

子怎么还比你的小些呢?! 汀当时很骄傲地宣告:俺这还没有长开哩,娘告诉我说,再有十二三年,我的奶子就能长得像馒头那样大呢! 吹牛吧你! 他不服气地叫,再有十二三年,说不定我的奶子早长得像西瓜那样大了!

7

那些缺胳膊少腿的病人给他留下了深刻的印象。每隔几天,总有一些缺胳膊少腿脸上有疤的人由父亲用木轮大车拉到门前,而后再由父亲依次领着走进那间只容许外爷和父亲、母亲进去的摆着许多药品和器物的房子。那些病人令他吃惊和害怕,尤其是有一次他看见一个男人,明明一只手上受了伤正流着血,可那男人竟毫不在乎地把流血的手放在地板上又蹭又画,蹭得满地板都是血迹。他被那人的举动吓得急喊妈呀——,妈妈闻唤过来止住了那男子的举动,同时告诉男孩:这人得的是麻风病,这种病的症状之一,就是肢体失去疼感,他在没有疼感的情况下不自觉地开始毁坏着自己。就是从这时起,麻风病这三个字和那些病人的面孔一齐塞进了他的脑子,并进而混进他的梦境,使他的梦境更加五花八门稀奇古怪。也是由此开始,他才知道外爷和父亲、母亲所从事的工作是麻风病的研究,这项工作和当年达尔文忙碌的性质有点相同,都属于科学研究的范围。

他记得妈妈常常指着那些麻风病人对他说:孩子,人得了这种病后非常痛苦,我们这些幸运的没得这种病的人不能对他们不问不管,我们应该去拯救他们。我和你外爷、父亲所做的事情,是在尽一种做人的责任……

8

他经历的另一件大事是薇吉娜小姐的来访。那是一个晚霞斑斓的傍晚,在外边玩耍的他回家时,发现家门前停着一辆马车,一个车夫正从马车上拎下几只造型别致贴满了外文标签的皮箱。他刚想问车夫是从什么地方来的,妈妈已在院中高声叫道:孩子,快来见过薇吉娜小姐!他闻唤奔进院子,原以为会看见一个漂亮的姑娘,不料站在院中笑迎他的竟是一个满头白发的外国老太太。妈妈用流利的英语向那位老人介绍了他,他向那老人鞠了躬,那位面孔慈祥的老人俯下身热烈地拥吻了他,他被这意外的礼节弄得满脸通红。三个人在向客厅走时,他悄声问妈妈他是不是该向这位老人叫"奶奶",妈妈摇摇头说:按照英国人的习惯,还是称她薇吉娜小姐好,她一生未结过婚,她把全部精力都献给了慈善事业。妈妈还告诉他,薇吉娜小姐是英国肯特郡人,她父亲临死时留给她一笔遗产,她用这笔遗产建立了慈善基金以救助那些生活在苦难中的人,她听说中国有很多麻风病人生活在困苦之中,于是便想来看望帮助他们。也是在这天晚上,他才从妈妈的口中知道,当年外爷和外婆带着妈妈在英国留学时,住的地方离薇吉娜小姐家不远,妈妈很早就和薇吉娜小姐相熟。这次薇吉娜小姐就是根据妈妈的介绍辗转香港来看望中国的麻风病人的。

第二天,妈妈带他陪薇吉娜小姐坐马车去看望住在一个小山村里的麻风病人。那是他第一次观看慈善举动,薇吉娜小姐是那样慷慨地向病人们分发她带来的那些衣物、药品和食物,她是那样深情地把饼干喂进那些瘫躺在床上的病人口中,她是那样仔细认真地给病人们清创和包扎伤口,就好像那些病人全都是她的亲人和孩子。走到最后一位女病人家门口时,薇吉娜小姐所带的物品已全部分发完了,为了给病人以安慰,那老人毅然脱下了自己的外衣,妈妈再三拦阻她,她还是坚持把自己的外衣披到了那个病人身上。眼看着薇吉娜小姐在黄昏时分的冷风里只穿着内衣瑟瑟发抖,他感觉到自己的眼里涌出了泪水,那是他第一次被别人的行为所感动。也就在这天的返回途中,薇吉娜小姐问他对英国有什么了解,他想了想说:我知道达尔文。他记得薇吉娜小姐在嘚嘚的马蹄声里响亮地笑道:好,知道达尔文就行了!他是一个伟大的学者,我祝愿你也成为他那样的从事科学研究的人!

9

他听到炮声是在一个凌晨。当炸雷似的炮声突然掠走他的甜梦,迫使他跳下床时,他看见整个院子都在燃烧,他站在那儿哭喊着外爷、爹和妈妈,可没有一个人应声。最后从火中爬过来抱住他的是一个腿被炸断的女佣。女佣在熊熊的大火中哭着告诉他:完了,全完了,你外爷、你爹、你妈都被日本人的炮弹炸死了……

10

他在奶奶的抚养下又长了一岁,随后走进了一所名叫正泰的小学。有一天,国文老师让同学们写下自己长大后最想干什么,他的同桌——那个名叫汀的女孩写的是:我想像表姐那样,生两个白白胖胖的娃娃。他看了后摇摇头,在自己面前的纸上写道:像达尔文那样做学问,让世上没有麻风病人;杀日本兵,为外爷和爹、妈报仇雪恨!

11

几十年后,每当那位白发白须的老人在实验室做实验累了的时候,他会走至窗前,放生一样地把目光丢到窗外,任其在空阔的远处自在而随意地走动,也常常是在这种时辰,他会看见一个男孩向他飞奔而来……

成都少女

　　七年前的秋末冬初时节,我去成都开会,宿在一家宾馆里。那宾馆的名字如今已记得不甚清楚,但在宾馆里见到的一位少女的面孔,却仍时时浮上脑际,且总让我为她生出些担忧来。

　　那少女是宾馆的服务员。我们到时,她站在我们一行人住的那座小楼门口微笑着招呼:欢迎你们! 声音甜脆圆润。我记得我在看到她的第一眼时曾呆了一刹,把进门的脚步都停了:嗬! 天下竟有如此绝美的女孩? 上天似乎要把她作为人间少女美的一个典范,把所有姣好的东西都给她了! 从身高到体形,从肤色到五官,从头发到双脚,一切都是标准的。我当时的第一个感觉就是惊奇:成都这块土地在造化美女方面竟有如此魔力? 接下来便是一股由衷的欣喜——那是和平日看到山水田园美景和画家的杰作之后的欣喜同属一个性质。

　　她的年龄大约在十六岁。

她的服务态度像她的相貌一样美好。她的脸上几乎没有一刻不露着天真、稚气的笑意,她动作轻柔地为我们送水、泡茶、叠被、整理房间卫生,语音温婉地给我们介绍宾馆的建筑和周围的风景。一天没过,和我同行的人便都对她赞不绝口。当然,她做事也有失误的时候,比如她给你沏茶倒得杯太满,连茶叶带水都从杯里溢了出来,这时的她不像一般服务员那样说声对不起,而是朝你伸伸舌头,讨饶似的娇然一笑,这就使她的服务有一种极亲切的性质。让人觉得这极像是女儿在为父亲沏茶。她其实从第二天起,在叫我们接电话时便开始称我们叔叔了,也许她看我们一行是军人且年龄都在三十四五岁,称我们先生有些不宜。

　　大约是第四天,她来房间送水,我问她多大了。她歪着头想了一阵答:"十六岁七个月零四天!"我笑道:"这样准确?"她也笑了。随后我又问:"什么时候来宾馆的?""半年了,俺高中没毕业,听说这儿招聘服务员,俺爸妈就让俺来了。""为啥子不上大学?""爸妈说,要让弟弟们多读书,女孩子早工作早挣钱。"

　　哦。我望着她那溢着天真笑意的脸,在心里为她遗憾,以她的聪慧漂亮模样,倘若继续读书,说不定将来会有一番别的造就。

　　"其实,早出来工作也好,这活儿不累。"她似乎看出我的神情是在为她遗憾,反宽慰我说。

　　我便笑笑。

　　有一天开会中间休息的时候,到会的另外几个年轻人笑闹着

254

要我为他们看手相——我那时自称用五年时间研究过相术,其实哪懂什么手相,不过是找个逗乐的法子罢了。有谁找我看手相,我便故作高深地蹙眉皱额,把其手掌煞有介事地端详一番,而后意味深长大惊小怪地或是断言对方四十五岁时将有一桩艳遇,或是警告其六十五岁可能会死于癌症,或是预测他四十三岁仕途上必有大进极可能当上部长。给几个年轻人嘻嘻哈哈"看完手相"的那天午后,我正在房间坐着吸烟,忽见她轻手轻脚地进来,脸上没有了往常的笑容,而是带着一种郑重。我正要问她有什么事情,她已先用恳求的声音说了:"叔叔,我知道了你会看手相,麻烦你也给我看看行吗? 看看我的命运——"

我哈哈笑了,并立刻点头应道:"行,行。"待她伸出手来,一边端详着她那白嫩娇小的手,一边在心里决定:跟她开个玩笑,就说她的命运不济日后将要遇到个薄情郎,命中要经历一个挺大的挫折。于是我便将眉皱起,直盯了她的掌纹看,且渐渐将一丝吃惊浮上脸去,故意极慢极慢地开口:"你的命运嘛——"我这副样子果然吓住了她,只听她惊怯怯地慌问:"叔叔,我的命运很可怕吗?"我正要把吓唬她的话说出来,但在看到她的眼神的那一刹又急忙住了口。天哪,当时她那双稚气的眼睛里含了多少惊骇和惶恐啊! 刚刚扬起生命风帆的她,对未来怀着的都是美好的憧憬,我不能吓了她。天真的她对我这个叔叔的话是完全相信的,我一旦说出那话,她今晚说不定就会做噩梦,为什么要无端地让一个纯洁的灵魂浸在不安中呢？想到这里,我不露声色地把原来要说的话改成:"你的命运真是奇特,其顺遂的程度太让人吃惊意外,你会在不久的将来遇到一位漂亮多才、正派大方、温柔多情的男子,你们会成立一个很美满的家庭,幸福地度过一生;你将做一事成一事,事事遂心;你的身体到老都不会生什么大病……"

随着我的预言,我看到一个掺和着舒心、快乐和幸福的笑容飞快地爬上她的眉梢。到我说完时,她忘情地抓住我的手跳着脚说:"呵,叔叔,太谢谢你了！原来我的前边都是幸福,我还以为我会遇到什么不顺的事呢,我过去也时不时有些担心,这下我放心了,放心了……"

那一刻,我和她一样高兴!

这件事已经过去七年了。

七年后,每当我又想起给那位少女"看手相"的事,我的心中不仅没有"高兴",相反,却总要浮起一些忧虑:我的话把少女对生活中、命运中不顺之事的警惕拿走了！而一个人生活中和命运里哪有万事皆顺的道理？万一她在爱情上遇到什么挫折,譬如浮华子弟的追逐和心怀叵意的男人的捉弄,她会怎么办？万一她在工作上偶尔出了什么差错,受了处分或是遭了解雇,她会怎么办？万一她的身体出了什么毛病,比如得了传染性乙肝——须知疾病是会随时找上人的,她又会怎么办？她没有应付这些不顺的思想准备,当不顺来临时,她会张皇失措会绝望从而会丧失对这个世

256

界的热爱和人的信任吗?

哦,但愿她早已忘记了我的那些话。

但愿她早已经明白:一个人的生活中什么样的事情都可能发生!

岳父

　　第一次见岳父是在相亲的时候，我注意到他挺胖，为人和善，在家里威信很高，儿女们都挺尊敬他。

　　相亲之后，我以为这桩婚事算是定了，便安心地返回了部队。岂料不久传来消息，老人不同意我和他的小女儿订婚。我不知原因为何，很有些意外。后来才知道，老人是怕他的小女儿跟我过日子会受苦。我当时笑笑，不过今天想起来，老人的判断和直感还真是准确。他的女儿和我成婚之后，果然是受了苦，我常年四处奔波，家务基本上都是妻子一个人做，孩子也是她一个人照料，而且后来又把她拖入了一场灾难之中，她是真没有享上什么福的。

　　结婚之后，从妻子和别人的口中，我才对岳父的经历有了进一步的了解，原来岳父这一生过得也很苦。我岳母在我妻子一两岁时就去世了，撇下一子两女，大的也就是十来岁吧，孩子们要吃要穿要上学,这其中的艰难可想而知。当时有些好心人劝他续弦再娶,并热心地为他介绍了一个很不错的姑娘,但他担心孩子有了后娘受苦,一直下不了决心。有天晚上他回到家,到床头看看三个睡熟的孩子,一边摸着他们的头一边最后决定说:罢,为了孩子,天仙俺也不娶了。岳父从此独身领着三个孩子过日子,尽管有奶奶的帮助,但为父又为母的那副担子可是不轻,不过他到底挑过来了。岳父决心不再娶的举动被街邻们传为美谈,都夸他是正正派派的男子汉。不管这种决心不续娶的事今天的人们怎样去评价,我却因此又对岳父增加了一份尊敬。

后来,岳父常来我们家走动,我慢慢注意到岳父原来还有许多种爱好。他爱读报纸,每天都想读读报上的新闻。他爱读古书,尤其爱读古诗词,许多古诗他都能背出来。他还爱哼曲儿,我第一次买了录音机后,他觉着新奇,主动提出来要唱一首岳飞的《满江红》让我给他录下来。那是我第一次听老人唱,他唱得苍凉悲壮,真把岳飞那首词的意境唱出来了。我很吃惊,原来平日言语不多的岳父还有这个本领。他还特别爱品茶,没事总去茶馆一坐,把自己买来的茶叶往茶盅里一放,喊老板续水;他只喝绿茶,对各种绿茶的好处都很清楚,我所知道的关于茶叶的知识,许多是从他那里学来的。

我们有了孩子之后,岳父对他的外孙特别喜欢,他常常给他买些小礼物:电动青蛙、小汽车、画书等。只要孩子张口要,他便

259

去买,使我们最后不得不制止他。

　　岳父一直担心我们收入少开支多,从不让我们为他买什么,他还常常用他自己积攒的钱为我们买肉买菜。今天想来也真是后悔,那些年我们因为经济上总是紧张,很少给老人买礼物,甚至连一身像样的衣服也没给他买过。我唯一为老人做的事就是领他逛了西安和济南两个城市,这两次旅游使他很高兴,他说:看过了这两个大地方,我死了也值了。我还答应带他去看北京,可惜后来他患了病了。

　　他一开始说是胃不好,到医院查一查是胃炎,治疗一段他仍说浑身乏力,而且夜里盗汗,我们又去医院检查时医生说可能是肺癌。这吓了我们一跳,又赶紧去另一家医院复查,这家医院否定了前边的结论,这让我们又松了口气,治疗也随之抓得不是那样紧了。其实后者这是误诊,岳父患的真是肺癌,待我们再次发现时已经太晚,癌肿已扩散得满身都是。不过因为这误诊,倒也使岳父免受了手术之苦。据医生说,即使当初没有误诊做了大手术,也至多不过延长几月,可那样一来,病人就要受大苦了,很可能要被折磨得皮包骨头疼痛难熬。医生的话多少安慰了我们的愧悔之心。

　　岳父去世前三天,我回老家看了他。他略略显瘦,精神还好,我们谈了些家常话,临走时他还特意叮嘱我把放在桌上的一本书拿走,那是一本小说,我带回来看完放在桌上的,他知道我爱书,怕我忘记带走。这是他最后一次和我说话,那个场面至今我还记得清清楚楚。

岳父生前害怕火葬,我们遵照他的愿望实行了土葬。我专门在南阳城的一家寿衣铺里为他买了一套最好最全的寿衣,他穿上寿衣的遗容显得十分安详。

岳父如今已进入那个无忧无苦无烦恼的世界,也许要不了多久,我们还能相会。

超载

　　男人过了三十岁,因为多种身份兼具:为子、为婿、为父、为夫,所以肩上的担子也随之加重。这倒是人之常情天之常理,人类繁衍生存的规律使然,想轻松是办不到的。但像我的朋友振江那样,上天在短时间内往他的担子里投扔那么多东西,却不能不让人发一声惊叹:天哪!

　　最初是他的父亲被确诊为胃癌。他吃了一惊:父亲的年纪还不是很大,竟得此绝症?他慌慌地把父亲从一个山区工厂接到身边的医院动手术。他那时已在高炮学院史政教研室担负不轻的教课任务,白天在学校给学员上课,夜晚去医院陪护,连轴转,累得人一下子瘦了几斤。还好,父亲的手术动得还算成功。经过几个月的精心护理,可以出院了。他怀着不安和担忧,请假把父亲送回工厂,返校昏昏睡了几天,又开始把全副身心投入到教学里。

　　不料没过多久,一向刚强健康的母亲又被医院诊断为血癌!

他听到这个消息，像被雷击了一样枯站在那里。癌呀，你难道要把我的双亲全都夺走，一个也不留？最初的呆愣过后，他开始默默地安排母亲住院治疗。母亲这次所住的医院离学校更远，他骑车往返一趟得近一个小时。有自己的课时，他晚上去早上回，没有自己的课时，便去住上一天陪陪母亲。一些日子后，家里人见母亲病情有些稳定，也担心他太累，就把母亲接回了工厂的医院里。但从此以后，对父亲癌肿扩散、母亲病情恶化的担心，便开始一刻不停地折磨他了。

他担心的事情终于还是来了，去年夏秋间，母亲的病情急速转重，他开始含泪为母亲准备后事，谁也没有想到，就在这含悲忍泣的时刻，癌魔再一次在他面前亮了爪子：他岳父在一次体检中被查出得了胃癌，也须立即住院治疗。他几乎有些傻了，他不相信命运会做如此残酷的安排，但诊断结论明摆在那里，有什么法子？身为女婿，岳父的病不能不管，他只好在为母亲买药送药准备后事的同时，照料岳父。岳父所住的医院离学校较近，白天，他做了岳父爱吃的饭送去；晚上，他和岳父的儿女们轮流睡在岳父身旁陪护。他的身子开始更厉害地消瘦下去。

母亲似乎不愿再看儿女们为自己劳累，祥和地和儿子告别之后，去了另一个世界。处理完母亲的丧事，他病了一场，病好，又开始边照料住院的岳父边教学，一天一天打发着沉重的日子。

岳父经过一段时间的治疗之后，病情也开始稳定。他的心稍稍有些宽慰，不想，这时又发现了四岁的儿子眼睛有较重的弱视。医院要求，每天需来医院进行半个多小时的治疗。于是每天，他又在上课的间隙，用自行车驮了儿子去医院治眼。

之后，便是父亲的癌肿扩散。

他和医院结下了不解之缘。

上天似乎特意想用一连串的灾难来把他压垮。

但这个普通的工人之子，这个平凡的军校教员，这个话语不多的少校军官，用他坚挺的肩膀把这一切都承受了下来。他非但没有被压倒压垮，反而在教学上做出了出色的成绩，不仅完成了正常的教学任务，还撰写了不少学术论文，参加了几本教科书的编写，被评为全军的优秀教员。

他用他的行动向世人证明：人承受苦难的能力不是一个定数，当命运向你肩上加添苦难重负时，只要你不害怕、不气馁、不绝望，咬紧牙关，睁开眼睛，不断地在前方不远处给自己选定抵达的目标，你就仍然可以前行，你这辆车就不会抛锚停下！

振江用他的所经所历所作所为告诉我：超载并不可怕，不过是走得比平日慢一些罢了；而只要重负过去，走得会比往日更快，肩膀会比往日更强健！

超载也是一种锻炼！

喜来

　　把儿子起名为"喜来"，这其中一定含着某种期盼。是盼儿子早日成婚，把仅有父子两人的孤单的家扩大为孙子孙女绕膝的大家庭，还是盼他在仕途上、事业上成功，为这个一向受人欺负轻视的家带来威望和荣誉？我不太清楚，我没有问过那位敦厚而不善言辞的父亲。

　　不管是期盼前者还是期盼后者，反正在我认识喜来的时候，"喜"还没"来"。

　　我们那时都在镇上读初中，正处在人生最艰难的路段。我们都是农民的儿子，都住在僻远的乡间。学校离我家六里，离他家十二里，我们住在学校，吃的粮食都靠父亲往学校里送。同样的境况使我们开始接近、要好。那时一年一个人能分到的细粮不过几十斤，父亲就是一口不吃全送给我们，也填不饱我们年轻而贪婪的肚子。于是我们课余时间就常在学校的食堂周围转，望着食堂蒸笼里那些腾着热气的白馍,我们一齐吞着口水,把无数的向往咽进肚里。

他或我偶尔有谁买到一个白馍,会掰给另一人一半解馋。嗬,那个香啊!

我和别的同学一起去他家做过客。他家和我家一样,都可以用"家徒四壁"来形容。土坯垒就的光线不足的屋里,除了简单的床、桌之外,就是几个盛粮食的土瓮和盆罐,整个的家产不值几百元。我记得喜来的父亲那天给我们做的是白面条。望着老人用面瓢从不大的瓦瓮里舀那本来不多的白面,我懂得他这是在用最好的东西招待我们。我和喜来那时已经明白,父辈那里,我们都没有任何可以炫耀、依托、依靠的东西,我们只有靠自己!

也许就是因为这困苦,使我们懂得了学习要用功。

喜来的学习成绩在班上一直名列前茅,所用的课本常常是学校奖给他的。他的字尤其写得好,班里要用钢板刻印什么资料,要用毛笔抄什么东西,都是找他。我那时虽高他一个年级,但他的钢笔字和毛笔字却是我极佩服、极羡慕的。

我们那时都有一个没有说出口的决心:考上大学!那是我们改变自身境况的唯一出路,然而这路还是被"文化大革命"堵了。

但我们没有死心,我们在寻找另外的出口,我们几乎同时萌生了当兵的愿望。于是,在1970年的冬天,我们一同穿上了军装,他去北京,我到山东,从此开始了各自的军旅生涯。

这期间我们没有联系,但当我翻山越岭汗流浃背地进行炮兵射击测地作业时,我知道喜来也一定在他的岗位上辛苦忙碌,他不会怕苦怕累,他会珍惜这个奋斗的机会!

果然,当我十几年后在北京再见到他时,他早已是一个威威武武的团职军官了。他主持他所在部队一个重要部门的工作,妻子就是当年的同班同学,而且有了一个长得白胖漂亮名叫阳阳的儿子!

"喜"到底"来"了!

而且是双喜临门:美满幸福的家庭和事业上的成功!他父亲的期盼实现了,不管是期盼前者还是期盼后者。我为那个受了一辈子苦的老人高兴,我对喜来说:该把你父亲接来让他享享福了!

我听到的是一句沉痛的回答:"他已去世了。"

我意外地望着喜来伤悲的面孔,最终也只能发一声长长的叹息。

那位慈祥敦厚、满脸皱纹的老人,又浮现在我的眼前。我有些恨命运的不公:你原本应该再给老人几年欢"喜"的时间,要知道,那老人对"喜来"曾怀了怎样的希冀和期盼!

我和喜来那天谈得很多,记得谈话的末尾,我们说到了阳阳。喜来当时满怀憧憬地说:阳阳什么时候能成了材成了家,我这心就放下了……

哦,又是一代!

又在盼着"喜来"！

上一代切盼着下一代"喜来"，老一代含辛茹苦地为小一代创造着"喜来"的条件，这大概是我们这个世界繁衍发展的规则！

但愿阳阳这一代"喜来"得更令人振奋，更叫人激动！

兼维居士

兼维今年三十来岁。

兼维出身于官家，其父曾官至正县级，按老辈人的说法，叫官至七品。兼维的父亲在政界有许多朋友，兼维有从政的条件，但他不喜欢做官。他愿用毛笔写字——练书法；愿治印——刻各种形状的印章；愿研究汉代的历史，尤其是汉代的画像石。

兼维在他所爱好的三个方面，都达到了不错的水平。他的书法作品曾参加过省级大展，他刻的印章为不少名人收藏，他主编的刊物《汉画研究》是国内所有汉画研究专家都读的刊物。他曾向我赠过他的书法作品，是一副对联，上联是：孤月一轮三界净。下联是：素心半点十方圆。

懂行的朋友都能看出，这副对联带着佛界的味道。

兼维信佛。兼维是一名居士。居士就是不入寺院的佛祖的信徒。

兼维的信仰很虔诚。他常利用假日自费去洛阳白马寺、开封相国寺、桐柏水濂寺拜谒佛祖，去烧香叩头，去参加法会，去向方丈借经来读。倘是哪处寺院要兴土木而资金匮乏，兼维会自动出来为寺院化缘筹资，而后把筹集的资金一分不少地交给寺院。

兼维吃斋。他一日三餐都是素食，各种荤食一概拒绝，连鸡蛋也不吃，他说鸡蛋可以孕育生命，吃一个鸡蛋就是毁一个生命。兼维曾到我家做过几次客，招待他这个客人简直太容易了，用素油炒两盘青菜再端上两个馒头和一碗稀饭即可，根本不用买鱼买肉买鸡买鸭买酒。因为他坚持素食，所以他有些瘦，双颊清癯，但人很精神。

兼维严守不杀生的佛门之规。他见了苍蝇、蚊子，至多是挥手赶走，从不拿苍蝇拍去打。有一次，他养的那只猫撞坏了他女儿的玩具，而且在女儿去赶猫时，那猫还抓伤了他的女儿，这让他非常生气，女儿是他的宝贝。全家人也都要求惩罚那只猫。他最后把猫抱放到床上，用木棍重重地砸了十下床帮算是惩罚，而后开门把猫放到了门外，说：你走吧，我不想养你了！那猫淡淡一笑，轻轻松松地另觅主人了。

兼维相信报应。

我第一次认识兼维是在一个朋友家里。那天，兼维正在向朋友一家讲一个报应的故事。他说：有两个人在信阳东部的一个战场上死里逃生往西走，半路上碰见一个病倒在地的老人，那老人恳求他俩把他背到前边村里。但两人中的一个说:我们已经累得没一丝力气了,哪背得动你? 说罢就径直走了。另一个人见那老人可怜,就勉力把老人背起,艰难地背到了村里。那老人为了表示谢意,执意送了一个银圆给背他的那个人,那个人见推辞不掉,就随手装进了左胸前的衣兜里。之后,两个从战场上逃亡的人继续西行,不幸半路上碰见了两股土匪火并的流弹,两个人都中了子弹,没背老人的那个人当场中弹倒地;背老人的那个人挨的那发子弹刚好打在他衣袋里的银圆上,子弹滑走了……

这个故事显然是别人编的,但兼维讲述时的那份真诚和自己首先坚信不疑的神情给我留下了深刻印象。我想,和这样的人交往交往也许会挺有意思。

兼维的家里今年出了一件大事。

那件事发生于春天的一个早晨。那天早晨起床后,兼维的女儿乐乐去洗脸时突然说:我腿疼。兼维和妻子当时都没在意,说:活动活动就好了。不想乐乐的疼痛很快加剧,不久就不能走路,疼得冷汗直流。兼维见状,慌忙将女儿送进医院检查,他原以为女儿是扭伤了什么地方,不料检查结论竟是:白血病! 他和妻子都被这个结论惊呆了。亲友们闻知,伤心之余都叹道:可怜兼维诚信佛祖,佛祖竟不给他女儿半点保佑!

兼维在最初的震惊过去之后,喃喃道:我不信上天会对我如此狠心,不信佛祖对我和小女会不加护佑,不信!

医院当时告诉兼维,应赶快为女儿准备化疗,兼维摇头,兼维固执地认为当地医院诊断不确。要去省医院复诊。他说:我相信佛祖不会让这样可怕的灾难降到我女儿的头上。

于是,他背上女儿去了省立医院。

省立医院做了更全面的检查之后,仍然断言:乐乐得的是急性单核性白血病!并一再告诫,勿再上投医院耽误时间,抓紧施治为要。

这次,亲友们都绝望了,都主张马上筹款为乐乐做脊髓手术或开始化疗,可兼维仍然固执地认为这诊断也不确,他一方面给水濂寺住持印恭法师去信请他为乐乐诵经消灾,一方面借钱准备去天津再做一次检查。他坚信:佛祖不会这样对待我和我的女儿。

他背上女儿到天津医院检查后,医生说,乐乐的血液中出现毛病是因为她患了骨癌!这结论虽与先前的结论有所不同,但本质是一样的,仍然是不治之症:癌。

这回,所有的亲友都认为这个结论千真万确,人们开始捐款预备给乐乐做手术,可兼维仍然摇头,他说:"我要带乐乐去北京再检查一次,我没有做过任何有愧于他人有愧于社会有愧于佛祖的事情,佛会保佑我和我的乐乐的!"

他背上孩子又去了北京。这期间,朋友们电话告知他,水濂寺住持印恭法师带领全寺僧众为给乐乐消灾祛难诵了七天经。

兼维笑笑,兼维进京安排好女儿住院后,便去雍和宫进香祈佑。兼维自信地对女儿说:佛不会不管我们的!

北京那家医院的医生们在检查后也认为,乐乐的骨瘤很可能是恶性的,他们决定做手术,手术计划把乐乐的一条腿从大腿根那儿切除。兼维同意做手术切除瘤子,但仍不相信女儿得的是癌,他说:佛祖没有理由让我的女儿得癌,没有!医生们都有些奇怪地看着这位固执的父亲。当乐乐被推进手术室时,兼维双手合十坐在手术室外的走廊上诵经。

他说,他那天看见菩萨在天空中飘然而过。

五个小时后,主刀医生欣喜地出来告诉他和妻子,乐乐的骨瘤属良性已顺利切除。乐乐的妈妈高兴得跳了起来,兼维仍双手合十只让眼泪顺颊爬行。

这之后不久,兼维由京给我来信,在报告了乐乐正在康复的喜讯后写道:许多祸难往往是为教益来,为磨砺真性,去贪去欲,非祸难不能动心,亦不能悟理。兼维由小女病,认识更有进步,亦更觉进步不易……

我为乐乐高兴,也为乐乐庆幸,我想,乐乐若不是有兼维这样一个父亲,她此刻也许正躺在病床上接受化疗。乌黑的头发可能正一绺一绺向下落着。

我并不信佛,和兼维不是一界中人,也并不认为乐乐的康复全在佛的保佑,我只是由他身上发现:执着的信仰有时也能创造

273

奇迹。

我感兴趣的只是这个人:姓张,名兼维。

"小说家的散文"丛书

《出入山河》　　　　　　　李　锐　著

《青梅》　　　　　　　　　蒋　韵　著

《写给北中原的情书》　　　李佩甫　著

《星斗其文，赤子其人》　　汪曾祺　著

《熟悉的陌生人》　　　　　李　洱　著

《一唱三叹》　　　　　　　葛水平　著

《泡沫集》　　　　　　　　张　欣　著

《写给母亲》　　　　　　　贾平凹　著

《无论那是盛宴还是残局》　弋　舟　著

《已过万重山》　　　　　　周瑄璞　著

《众生》　　　　　　　　　金仁顺　著

《如果爱，如果不爱》　　　阿　袁　著

《故事与事故》　　　　　　蒋子龙　著

《回头我就变了一根浮木》　潘国灵　著

（以出版时间先后排序）

图书在版编目（CIP）数据

看遍人生风景/周大新著. —郑州:河南文艺出版社,2014.9
（2021.5 重印）
　　（小说家的散文）
　　ISBN 978-7-5559-0092-4

　　　Ⅰ.①看… 　Ⅱ.①周… 　Ⅲ.①散文集–中国–当代 　Ⅳ.①
I267

中国版本图书馆 CIP 数据核字（2014）第 140410 号

选题策划　杨　莉
责任编辑　张恩丽
责任校对　赵红宙
装帧设计　刘运来

出版发行　河南文艺出版社
本社地址　郑州市郑东新区祥盛街 27 号 C 座 5 楼
承印单位　河南瑞之光印刷股份有限公司
经销单位　新华书店
纸张规格　787 毫米×1092 毫米　1/32
印　　张　9
字　　数　166 000
版　　次　2014 年 9 月第 1 版
印　　次　2021 年 5 月第 2 次印刷
定　　价　45.00 元

印厂地址　河南省武陟县产业集聚区东区（詹店镇）泰安路
邮政编码　454950　　电话　0371-63956290